悲欢的形体
冯至诗集

冯至 著　冯姚平 编

北京联合出版公司
Beijing United Publishing Co.,Ltd.

雅众文化 出品

导读

前辈

在文学上，一位前辈是否有意义，取决于这位前辈是否曾对后辈产生过影响。但如果仅仅是一位过去式的前辈，后辈也就有可能反过来唾弃他、忘记他、不愿提起他，就像一个人可能会唾弃、忘记、不愿提起自己的过去。从现在的角度看，这位前辈对后辈实际上也就失去了意义，即使仍残存一种回顾式的意义，也不重要。

重要的前辈，是绵延式的，他过去影响、现在影响并可预期将来仍会影响其后辈，甚至潜移默化地成为后辈的楷模。这也是衡量一位作家是否重要的标准。反过来说，他必须能够树立他作为前辈的榜样，这就需要他具备几个条件：他有历久常新的语言魅力；他在文学领域或体裁上表现出多样性；他不断成熟和不断变化；他有深刻的思想性；他把后辈引向其他重要作家和更广阔的脉络。

在我看来，至少对我而言，冯至就是这样一位重要的前辈。与我很多先受西方现代诗影响的同代人不同，我的文学渊源，始于新文学：一个青春期的少年，七十年代末移居香港，开始阅读大量翻印得非常粗糙的新文学作品，尤其是新诗。二十多年过去了，众多前辈对我的影响或在我的印象中，已逐渐淡出，只有若干仍维持着，例如穆旦和卞之琳。但冯至没有淡出，也不是维持，而是日益凸显，因为他日益揭示他作为一位楷模性的作家的意义。前辈们淡出我的视野，是因为众多外国诗人和作家进入我的视野，而冯至还在吸引我。冯至给我的成长输送的养分，就像他本人的发展一样，是渐进的。一步一步地展开，一步一步地拓宽，一步一步地深化。最初吸引我的，是他的早期抒情诗，也即鲁迅所推荐的"中国最为杰出的抒情诗人"时期的冯至。最使我爱不释手的，是那些篇幅颇长但读起来不仅不累而且读后还觉得太短的叙事诗《吹箫人的故事》《帷幔》和《蚕马》，当然还有抒情小诗《蛇》：

> 我的寂寞是一条蛇，
> 静静地没有言语。
> 你万一梦到它时，
> 千万啊，不要悚惧！
>
> 它是我忠诚的侣伴，
> 心里害着热烈的乡思：
> 它想那茂密的草原——

你头上的、浓郁的乌丝。

它月影一般轻轻地
从你那儿轻轻走过；
它把你的梦境衔来了，
像一只绯红的花朵。

从他的早期抒情诗，可看到他一开始就注意形式。每首诗都押韵，每节行数相同，每行音步整齐。语言则是优美但幼嫩的白话，颇典型的"新诗"，例如这首诗中为了押韵而使用生僻的"悚惧"和生硬的"侣伴"，把"一朵花"说成"一只花朵"；为了凑合字数而在两行（一句）里相继使用"轻轻地"和"轻轻"。但是，由于整体上尤其是语调上的可信性，这些小瑕疵并未构成伤害。

他的早期抒情诗结束于三十年代初，然后是沉寂十年，拿出里程碑式的《十四行集》。我接触《十四行集》前，已熟读所有新诗重要诗人，他们在语言上和风格上各具特色，但都没有冯至在十四行诗中给我带来的那种陌生感和生疏感。这是一种雕塑般的语言，有着雕塑般的沉静、质朴和空间感。就冯至本人的变化而言，则是从幼嫩的白话过渡到明晰的现代汉语，这是一种适当的欧化的白话，更确切地说，是一种现代感受力。对一个年轻读者来说，那些奇特的句子，例如"我们安排我们在这时代／像秋日的树木"中，"安排"两字和句子本身的比喻；那株"升华了全城市的喧哗"的尤加利树；"我们的身边有多少事物／向我们要求新的发现"
中物我关系的互换等，都有一种给想象力打开一扇扇小窗户
的喜悦。另一个迷人之处，是以标点符号的精确运用达致的
音乐性：

> 哪条路、哪道水，没有关联，
> 哪阵风、哪片云，没有呼应：
> 我们走过的城市、山川，
> 都化成了我们的生命。

　　别的不说，如果把"呼应"后的冒号改为问号，把"城
市、山川"改为"城市和山川"，就会削弱诗中的真气。但
对我来说，最具魅力、如今重读仍使我无限享受的，是冯至
对跨行加空行的处理，那么自然又意外：

> 我们听着狂风里的暴雨，
> 我们在灯光下这样孤单，
> 我们在这小小的茅屋里
> 就是和我们用具的中间

> 也有了千里万里的距离：
> 铜炉在向往深山的矿苗，
> 瓷壶在向往江边的陶泥，
> 它们都像风雨中的飞鸟

各自东西。我们紧紧抱住，

好像自身也都不能自主。

狂风把一切都吹入高空，

暴雨把一切又淋入泥土，

只剩下这点微弱的灯红

在证实我们生命的暂住。

　　"飞鸟"之后"各自东西"的跨行加空行，不仅形式上完美，而且内容上贴切。跨行的控制也是节奏的控制，跨行是否自然决定节奏是否自然。十四行诗由于要分节，跨行往往与空行碰在一起，而冯至做到了歌德所说的"在限制中才显示出能手，只有规律能给我们自由"。在第三节中，一句之内使用"自身"和"自主"，在音效上近似英诗中的头韵，全句表现出一种孤立无援，尤其是联系上句"我们紧紧抱住"没有宾语，那感觉就像我们紧紧抱住自身。铜炉、瓷壶两句的对偶及其拉开的空间感，与最后两句的抽象及其浓缩的时间感，遥相呼应。此外，与早期诗中为充数而凑合词语不同，此诗第一句把狂风暴雨这个套语拆开，不仅使节奏得到恰如其分的体现，而且使涵义（风与雨）有了层次，又为后面同一个套语的再次拆开和再次产生层次做了铺垫。

　　我们常常度过一个亲密的夜

在一间生疏的房里，它白昼时
是什么模样，我们都无从认识，
更不必说它的过去未来。原野——

一望无际地在我们窗外展开，
我们只依稀地记得在黄昏时
来的道路，便算是对它的认识，
明天走后，我们也不再回来。

闭上眼吧！让那些亲密的夜
和生疏的地方织在我们心里：
我们的生命像那窗外的原野，

我们在朦胧的原野上认出来
一棵树，一闪湖光；它一望无际
藏着忘却的过去，隐约的将来。

　　精确的跨行加空行，再次是经典式的，尤其是"原野"
的孑然独立，与跨行后的铺展，刚好予人一望无际之感。其
他地方的跨行，则自然得难以觉察。这里还有"亲密的夜"
和"生疏的房"的新鲜形容和彼此对照；单音节词的有效运
用；书面语与口语的交融。尾句"藏着忘却的过去"其实是"朦
胧的原野"的镜像，"隐约的将来"则是"一闪湖光"的镜像。

　　继《十四行集》之后，冯至的诗人生命基本上结束了。

结果仅止于此，则冯至对我来说，就是过去式的：他已在我的成长中烙下印记，他的诗我已熟读；他不是绵延式的诗人，让我每个阶段必须转回来受他接济，而是只够我重温一个下午，并且不会有什么新发现。这样，他作为一位诗人，就会被我密封起来，或像弃之可惜的旧书，不放在架上，而装在箱里。但他的诗歌生命却不断地延伸和扩充。这延伸和扩充，也使他的诗人的生命继续发挥作用。

我指的是作为诗歌翻译家的冯至。由于对诗人冯至的语言的熟悉和信任，他所介绍的诗人便有了一种使我顺利登堂入室的方便。但他并非仅仅是为某些追随者提供方便之门的介绍人，他译的里尔克、歌德和海涅，一直是最好的。虽然就歌德和海涅而言，我要广泛地阅读他们，还得求助于钱春绮的一个个译本。钱春绮是一位良好的职业诗歌翻译家，但我相信如果没有冯至的精品做铺垫，我对钱春绮译本的进入，可能就不会发生，或要无限期押后。这就是冯至作为诗人翻译家的重要性。至于里尔克，我更是有一段时期只认冯至和陈敬容所译几首，后来再扩充到绿原所译一批短诗，再后来通过英译本读里尔克的长诗和组诗，但在英译本里我也见不到冯至那种水准。也正是在冯至的译诗里，我找到了冯至诗创作的某些渊源，例如他早期的抒情诗有着海涅的浪漫气息，尽管他是在后来才译介海涅的；而《十四行集》则显然得益于歌德对自然世界的冷静观察，还有里尔克赋予客观事物的神秘感：

主啊！是时候了。夏日曾经很盛大。
把你的阴影落在日晷上，
让秋风刮过田野。

让最后的果实长得丰满，
再给它们两天南方的气候，
迫使它们成熟，
把最后的甘甜酿入浓酒。

谁这时没有房屋，就不必建筑，
谁这时孤独，就永远孤独，
就醒着，读着，写着长信，
在林荫道上来回
不安地游荡，当着落叶纷飞。

里尔克这首《秋日》，已著名得不宜再引用了，但它是百读不厌的。夏日的"盛大"这种奇特感和陌生感，和"来回不安"这套语的拆散加跨行，跟《十四行集》是一脉相承的。这里的影响也耐人寻味，是相互式的，也即里尔克可能一早就影响了冯至，包括十四行诗体，而冯至后来译里尔克时，则反过来影响汉语的里尔克。最后一句的倒装，在《十四行集》里也一再出现，但似乎在里尔克那里表现得更迷人。像里尔克《爱的歌曲》一诗，我每次耐心地读，都只是为了中间那句倒装："那里不再波动，如果你的深心波动。"

冯至的译诗，偶尔会有拗口的句子，例如《爱的歌曲》中，"啊，我多么愿意把它安放 / 在阴暗的任何一个遗忘处，/ 在一个生疏的寂静的地方"。但至少在我看来，这是可接受的，令读者觉得是忠于原著的。若是在别人的译作里，拗口会变成败笔。这种原谅，如果可称作原谅的话，是有基础的，也即译者的总体表现，尤其是他对文字的珍惜，使你认为这回他的判断也是准确的。并非巧合的是，在冯至的创作里，也见到这种例子。上面所引十四行诗中，便有"就是和我们用具的中间"，读者同样不介意。

　　如果仅止于译诗，那么冯至对我的影响，将与穆旦和卞之琳一样，属于维持式的：穆旦除他本人的创作外，还把我引向普希金、丘特切夫、拜伦、奥登等；卞之琳除他本人的创作外，还把我引向奥登和莎士比亚等。穆旦作为一位不倦的诗歌翻译家，仍在鼓励着我；卞之琳对翻译和新诗格律的见解，我还经常要重温。但是，无论穆旦或卞之琳给我的教益，都仅止于诗歌。而冯至则把我引向诗歌以外更庞杂的脉络。

　　这就是作为批评家的冯至。一九八九年，我陷入生命的黑暗期。偶尔在书店买到一本旧版的《杜甫传》，主要是为了作者冯至。回家便一口气读完。在杜甫的苦难面前，我的绝望变成一种羞愧。《杜甫传》具有冯至一贯的文字风格，且做到"力求每句都有它的根据，不违背历史"，不用个人的想象加以渲染。一般传记作者要做到这点，也并不难。但冯至塑造的苦难而伟大，或者说苦难铸就伟大的杜甫形象，却是只有他的文字和他倾注在杜甫身上的深刻了解与同情才能做到的。

《杜甫传》和后来若干关于杜甫的文章，尤其是《论杜诗和它的遭遇》，是我迄今所读关于杜甫的最好论著。同样地，《论歌德》一书和其他关于歌德的文章，也是我迄今所读中国人所写关于歌德的最好论著。就像跨行遇到空行一样，冯至对歌德的介绍，将不可避免地把我引向朱光潜译的《歌德谈话录》。这里，又像跨行遇到空行那么自然又意外，杜甫与歌德在我的阅读中相逢了。那是在一九九八年，我又一次读了《杜甫传》，几乎在同时，我读《歌德谈话录》。以前读歌德是读诗，这回读歌德是读人生、世界、自然、艺术和它们彼此的关系。并非巧合的是，这一年我在创作和其他方面，都发生了一次多重的转变。

冯至的批评文章，成为他诗歌生命的另一次延伸：没有诗人冯至作底，他对这两位大诗人不会有如此深刻的洞察力；没有诗人冯至作底，他也不可能有如此透彻的语言来表达他的洞察力。他的批评的分量，不仅在于他写了什么，而且在于他怎么写。这怎么写，主要表现在两个方面：一是他从十四行集开始建立起来的雕塑般的语言，在批评中发扬光大，使他成为独树一帜的文体家；二是他写的，都是他经年累月阅读、思考、重温的，几乎是一生的积累，而不是读了就写、写了就忘的书评式争辩式文章。一生累积下来，就变成一系列。而他作为一位未来式前辈的意义也在于此：就杜甫和歌德而言，由于他们是绵延式的诗人，可供一生消化，所以生逢我重读或新读他们，冯至的文章便有了重温的必要和新意。我可以抛下穆旦和卞之琳去研读他们介绍的诗人，但我仍要时时透过冯至来研读杜甫和歌德，这就是维持式影响与未来式影响的区别所在。加上他文字本身的磁力，所以每次读他的文章，一读便是一系列。这种磁力的部分原因，是这些文章具有一种延伸性，包含不同的角度、层次和重点。

从更大的脉络看，中国作家与中国古典文学的关系，没有一位像冯至与杜甫的关系这样不可分割（通过他的影响和他所受的影响）；中国作家与外国文学的关系，也没有一位像冯至与德国文学的关系这样紧密（同样是通过他的影响和他所受的影响）。值得一提的是，中国读者对荷尔德林的热情，也是由冯至八十年代初在《世界文学》发表的纪念荷尔德林的文章《涅卡河畔》催生的。

以一位非亲非故的后辈的身份，尤其是以第一人称写这样一篇纪念前辈的文章，如果我引起读者隐约的难堪，我得立即补充说，我自己加倍地不安。但我希望这个我，也能获取一定程度的客观性，也即一个谁都可以是的后辈，这个后辈如何看一位前辈，以及一位前辈如何为后辈树立榜样。必须指出，冯至是留下遗憾的，一是他没有坚持写诗并越写越好，二是他曾写批评文章伤害过别人（据他女儿说，他自己因此而受了"诗人的内伤"）。前者并非只是冯至和他那一代人的障碍，而是中国新诗整个世纪的宿命，他们都未能做到直接以诗创作本身技巧、题材的多样性和思想、内涵的丰富性，建立对后代的未来式影响，而是多米诺骨牌效应似的一个个枯竭；后者无论如何是不可原谅的，只能作为后辈的反面教材，也使我这篇致敬的文章，蒙上一抹阴影。

作为一个未敢偷懒也未敢自满的诗人，一个也做翻译和批评的写作者，我心目中的楷模早已不限于、也不应只限于冯至，但是，如果没有冯至这样的前辈，我可能是一个完全不同的人，或眼界和修养大幅度缺损的写作者。冯至这样的作家给我的潜移默化的影响，是后来的楷模不可或缺的部分，应该说，本来就是一个楷模系统的组成部分，并且依然是发光的部分。

黄灿然

2005 年 9 月，冯至百年诞辰之际

附注

文中所引十四行诗，系据 1949 年 2 月文化生活出版社初版，其标点符号与后来的版本略有不同。

目录

II 北游及其他

Ⅲ 十四行集

IV 西郊集

VI 文坛边缘随笔

VIII 附录

I 昨日之歌

绿衣人 [1]

一个绿衣邮夫，

低着头儿走路，

也有时看看路旁。

他的面貌很平常，

大半安于他的生活，

不带着一点悲伤。

谁也不注意他

日日的来来往往。

但是在这疮痍满目的时代，

他手里拿着多少不幸的消息？

当他正在敲人家的门时，

谁又留神或想，

"这家人可怕的时候到了！"

1921 年

1　原载 1923 年 5 月《创造》季刊第 2 卷第 1 号。初收《昨日之歌》；编入《冯至诗选》时，做了较大改动，后曾收入《冯至选集》。此据《冯至选集》编入。

不能容忍了 [1]

我不能容忍了，
我把我的胸怀剖开，
取出血红的心儿，
捧着它到了人丛处。

有的含着讥诮走远了，
有的含着畏惧走远了；
只剩下我一个人，
我只得也缓缓地走去。

到了十几处，
十几处都是如此。
抱着心儿暂时休息着，
人们又在那边聚集着。

1923 年

1　原载 1923 年 5 月《创造》季刊第 2 卷第 1 号，为组诗《归乡》之一首；初收《昨日之歌》，后曾编入《冯至诗选》《冯至选集》。此据《冯至选集》编入。

暮雨 [1]

醒后正黄昏，
窗外雨声淅淅，
啊，初春的暮雨！

把我的心儿掩埋了，
眼前又是一春的
落花飞絮……

1923 年

1　初收《昨日之歌》，后曾编入《冯至诗选》《冯至选集》。
此据《冯至选集》编入。

新的故乡 [1]

灿烂的银花
在晴朗的天空飘散；
金黄的阳光
把屋顶树枝染遍。

驯美的白鸽儿
来自什么地方？
它们引我翘望着
一个新的故乡：

汪洋的大海，
浓绿的森林，
故乡的朋友，
都在那里歌吟。

这里一切安眠
在春暖的被里，

1　原载 1923 年 12 月《浅草》季刊第 1 卷第 3 期，题为《归去》，
为组诗《残余的酒》之一首。初收《昨日之歌》；收入《冯至
诗文选集》时，做了少许改动，并改题为《新的故乡》。后曾
编入《冯至诗选》《冯至选集》。此据《冯至选集》编入。

我但愿向着

新的故乡飞去!

1923 年

小船 [1]

心湖的

芦苇深处，

一个采菱的

小船停泊；

它的主人

一去无音信，

风风雨雨，

小小的船篷将折。

1923 年

1　原载 1923 年 12 月《浅草》季刊第 1 卷第 3 期，题为《小艇》，为组诗《残余的酒》之一首。初收《昨日之歌》；编入《冯至诗选》时，改题为《小船》，后曾收入《冯至选集》。此据《冯至选集》编入。

狂风中 [1]

无边的星海，
更像狂风一般激荡！
几万万颗的星球，
一齐地沉沦到底！

剩下了牛女二星，
在泪水积成的天河，
划起轻妙的小艇，
唱着哀婉的情歌。

愿有一位女神，
把快要毁灭的星球，
一瓢瓢，用天河的水，
另洗出一种光明！

1923 年

1　原载 1923 年 12 月《浅草》季刊第 1 卷第 3 期，为组诗《残余的酒》之一首。初收《昨日之歌》；后曾编入《冯至诗文选集》《冯至诗选》《冯至选集》。此据《冯至选集》编入。

别友 [1]

1

好一个悲壮的
悲壮的别离呀。
满城的急风骤雨，
都聚在车站
车站的送别人
送别人的心头了。

雄浑的风雨声中，
哪容人轻轻地
说些委婉的别语？
朋友，你自望东，
我自望西，
莫回顾，从此小别了。

1　原载 1923 年 12 月《浅草》季刊第 1 卷第 3 期，题为《别羡季》，
为组诗《残余的酒》之一首。初收《昨日之歌》，略有改动，
并改题为《别 K》；编入《冯至诗选》时，又改题为《别友》，
后曾编入《冯至选集》。此据《冯至选集》编入。羡季、K 即
顾随（1897—1960），字羡季，别号苦水，河北清河县人，现
代作家、中国古典文学研究家。

2

赞颂狂风暴雨，
因为狂风暴雨后，
才有这般清凉的世界。
我失掉了什么？
啊，车轮轧轧的声音
重唤起我缠绵的情绪。

梦一般寂静地过去了，
心里没有悲伤，
眼中没有清泪；
朋友，你仔细地餐
餐这比什么都甜
比一切都苦的美味吧！

1923 年

瞽者的暗示 [1]

黄昏以后了，
我在这深深的
深深的巷子里，
寻找我的遗失。

来了一个瞽者，
弹着哀怨的三弦，
向没有尽头的
暗森森的巷中走去。

1923 年

1　初收《昨日之歌》，后曾编入《冯至诗选》和《冯至选集》。
此据《冯至选集》编入。

春的歌 [1]

丁香花，你是什么时候开放的？
莫非是我前日为了她
为她哭泣的时候？

海棠的花蕾，你是什么时候生长的？
莫非是我为了她的憧影，
敛去了愁容的时候？

燕子，你是什么时候来到的？
莫非是我昨夜相思，
相思正浓的时候？

丁香、海棠、燕子，我还是想啊，
想为她唱些"春的歌"，
无奈已是暮春的时候。

1924 年

1　初收《昨日之歌》，后曾编入《冯至选集》。此据《冯至选集》
编入。

我是一条小河 [1]

我是一条小河
我无心从你身边流过，
你无心把你彩霞般的影儿
投入了河水的柔波。

我流过一座森林，
柔波便荡荡地
把那些碧绿的叶影儿
裁剪成你的衣裳。

我流过一片花丛，
柔波便粼粼地
把那些彩色的花影儿
编织成你的花冠。

最后我终于
流入无情的大海，
海上的风又厉，浪又狂，

1　初收《昨日之歌》，后曾编入《冯至诗文选集》《冯至诗集》
《冯至选集》。此据《冯至选集》编入。

吹折了花冠，击碎了衣裳！

我也随着海潮漂漾，
漂漾到无边的地方；
你那彩霞般的影儿
也和幻散了的彩霞一样！

1925 年

15

怀友人 Y. H.[1]

1

当燕子归来的黄昏，
我一人静静悄悄
在你旧居的窗前，
梦游一般地走到。

寂寂静静，
我轻轻地叫着你的名儿，
窗内仿佛有人答应。

我傍着窗儿痴等，
但是窗儿呀总是不开，
一直等到了冷月凄清，
朋友啊，你那时在哪里徘徊？

1　初收《昨日之歌》，题为《怀 Y. 兄》；编入《冯至选集》时，
略作改动，并改题为《怀友人 Y. H.》。此据《冯至选集》编入。
　　Y. H. 即杨晦（1899—1983），字慧修，辽宁辽阳县人，现
代作家、文艺评论家。

16

2

那夜风雨后，
正像是我们去年的一天，
满院嗅着柳芽香，
满地踏着残花瓣。

寂寂静静，
我轻轻地叫着你的名儿，
云内仿佛有人答应。

我靠着树干痴等，
但是阴云呀总不散开，
一直等到了夜阑更深，
朋友啊，你那时在哪里徘徊？

3

我像是古代的牧童，
失掉了他的绵羊；
我像是中古的诗人，
失掉了他的幻想。

寂寂静静，

我轻轻地叫着你的名儿，

远方总仿佛有人答应。

我望着凄艳的夕阳，

我望着幽沉的星海，

望得我心滞神伤，

朋友啊，你那时在哪里徘徊？

　　　　　　　　　　　　1925 年

在郊原 [1]

续了又断的
是我的琴弦，
我放下又拾起
是你的眉盼。
我一人游荡在郊原，
把恋情比作了夕阳奄奄。

它是那红色的夕阳，
运命啊淡似青山，
青山被夕阳烘化了
在茫茫的暮色里边。

我愿彷徨在空虚内，
化作了风丝和雨丝：
雨丝缀在花之间，
风丝挂在树之巅，
你应该是个采撷人，
花叶都编成你的花篮。

1　原载 1925 年 12 月 12 日《沉钟》周刊第 9 期，初收《昨日之歌》，后曾编入《冯至选集》。此据《冯至选集》编入。

花篮里装载着
风雨的深情——
更丝丝缕缕的
是可怜的生命。

我一人游荡在郊原，
把运命比作了青山淡淡。
续了又断的
是我的琴弦，
我放下又拾起
是你的眉盼。

1925 年

"晚报"[1]

——赠卖报童子

夜半的北京的长街，
狂风伴着你尽力地呼叫：

　　"晚报！晚报！晚报！"
但是没有一家把门开——
同时我的心里也叫出来，

　　"爱！爱！爱！"

我们是同样的悲哀，
我们在同样荒凉的轨道。

　　"晚报！晚报！晚报！"
但是没有一家把门开——
人影儿闪闪地落在尘埃，

　　"爱！爱！爱！"

一卷卷地在你的怀，
风越冷，越要紧紧地抱。

　　"晚报！晚报！晚报！"

1　原载 1926 年 10 月 10 日《沉钟》半月刊第 5 期，署名琲琲。
初收《昨日之歌》，后曾编入《冯至诗文选集》《冯至诗选》《冯
至选集》。此据《冯至选集》编入。

但是没有一家把门开——

一团团地在我的怀,

　　"爱！爱！爱！"

1926 年

蛇 [1]

我的寂寞是一条蛇，
静静地没有言语。
你万一梦到它时，
千万啊，不要悚惧！

它是我忠诚的侣伴，
心里害着热烈的乡思：
它想那茂密的草原——
你头上的、浓郁的乌丝。

它月影一般轻轻地
从你那儿轻轻走过；
它把你的梦境衔了来
像一只绯红的花朵。

1926 年

1　初收《昨日之歌》。编入《冯至诗文选集》时略做改动，
后曾编入《冯至诗选》《冯至选集》。此据《冯至选集》编入。

风夜 [1]

"也是这样的风夜，
也是这样的秋天，
我把生命酿成美酒，
频频地送到你的唇边，
一盏、两盏、三盏……"

我屈指殷殷地暗算，
恰恰地满了一年，
我沉埋在这座昏黄的城里，
像海上被了难飘散的船板，
一片、两片、三片……

我今宵静息在秋星下，
如船板飘聚到海湾，
它们再也挡不起海上的汹涛，
我也怕望那风中的星焰，
一闪、两闪、三闪……

1926 年

1　原载 1926 年 11 月 10 日《沉钟》半月刊第 7 期，署名冯君
培。初收《昨日之歌》，后曾编入《冯至诗选》《冯至选集》。
此据《冯至选集》编入。

吹箫人的故事 [1]

我唱这段故事，
请大家不要悲伤，
因为这里只唱到
一个团圆的收场。

1

在古代西方的高山，
有一座洞宇森森；
一个健壮的青年
在洞中居隐。

不知是何年何月
他独自登上山腰；
身穿着一件布衣，
还带着一枝洞箫。

他望那深深的山谷，

1　原载 1925 年 2 月 25 日《浅草》季刊第 1 卷第 4 期，初收《昨日之歌》，略做删改，改题为《吹箫人》。编入《冯至诗选》时，又做了改动，并改回原题《吹箫人的故事》。后曾编入《冯至选集》。此据《冯至选集》编入。

也不知望了多少天，
更辨不清春夏秋冬，
四季的果子常新鲜。

四围好像在睡眠，
他忘却山外的人间，
有时也登上最高峰，
只望见云幕重重。

三十天才有一次，
若是那新月弯弯；
若是那松间翕萃，
把芬芳的冷调轻弹；

若是那夜深静悄，
小溪的细语低低；
若是那树枝风寂，
鸟儿的梦境迷离；

他的心境平和，
他的情怀恬淡，
他吹他的洞箫，
不带一些哀怨。

一夜他已有几分睡意，
浓云将洞口封闭，
他心中忐忑不安，
这境界他不曾经验。

如水的月光，
尽被浓云遮住，
他辗转枕席，
总是不能入睡。

他顺手拿起洞箫，
无心地慢慢吹起，
为什么今夜的调儿，
含着另样的情绪？

一样的小溪细语，
一样的松间翕萃，
为什么他的眼中，
渐渐含满了清泪？

谁把他的心扉轻叩，
可有人与他合奏？
箫声异乎平素，
不像平素的那样质朴。

2

第二天的早晨，
他好像着了疯癫，
他吹着箫，披着布衫，
奔向喧杂的人间。

箫离不开他的唇边，
眼前飘荡着昨夜的幻像，
银灰的云里烘托着
一个吹箫的女郎。

乌发与云层深处，
不能仔细区分；
浅色的衣裙，
又仿佛微薄的浮云。

她好像是云中的仙女，
却含有人间的情绪；
他紧握着他的洞箫，
他要到人间将她寻找！

眼看着过了一年，

可是在他的箫声里
渐渐失去山里的清幽
和松间的风趣。

他走过无数的市廛，
他走过无数的村镇，
看见不少的吹箫少女，
却都不是他要寻找的人。

在古庙里的松树下，
有一座印月的池塘，
他暂时忘去他的寻求，
又感到一年前的清爽。

心境恢复平淡，
箫声也随着和缓，
可是楼上谁家女
正在朦胧欲睡？

在这里停留了三天，
该计算明日何处去；
啊，烟气氤氲中，
一缕缕是什么声息？

楼上窗内的影儿，
是一个窈窕的少女，
她对谁抒发幽思，
诉说她的衷曲？

他仿佛又看到
一年前云中的幻像，
他哪能自主，
洞箫不往唇边轻放？

月光把他俩的箫声
溶在无边的夜色之中；
深闺与深山的情意
乱纷纷织在一起。

3

流浪无归的青年
哪能娶豪门的娇女？
任凭妈妈怎样慈爱，
严厉的爹爹也难允许。

他俩日夜焦思，
为他俩的愿望努力，

夜夜吹箫的时节，
魂灵儿早合在一起。

今夜为何听不见
楼上的箫声？
他望那座楼窗，
也不见孤悄的人影。

父母才有些活意，
无奈她又病不能起；
药饵俱都无效，
更没有气力吹箫。

梦里洞箫向他说，
　"我能医治人间的重病；
因为我的腔子里，
蕴藏着你的精灵。"

他醒来没有迟疑，
把洞箫劈作两半，
煮成一碗药汤，
送到那病人的床畔。

父母感谢他的厚意，

允许了他们的愿望。
明月依旧团圆，
照着并肩的人儿一双。

啊，月下的人儿一双，
箫已有一枝消亡。
人虽是正在欢欣，
她的洞箫却不胜孤单。

他吹她的洞箫，
总是不能如意；
他思念起他自己的，
感到难言的悲戚。

"假如我的洞箫还在，
天堂的门一定大开，
无数仙女为我们
掷花舞蹈齐来。"

他深切的伤悲，
怎能够向她说明；
后来终于积成了
难于医治的重病。

她最后把她的箫，
也当成惟一的灵药——
完成了她的爱情，
拯救了他的生命。

尾声

我不能继续歌唱
他们的生活后来怎样。
但愿他们得到一对新箫，
把箫声吹得更为嘹亮。

1923 年

帷幔 [1]

—— 一个民间的故事

你们望着那葱茏的山腰，

绿树里掩映着一带红墙，

不要以为那里只有幽闲，

没有人间的痛苦隐藏。

是西方的、太行的余脉，

有两座高山遥遥峙立；

一个是僧院，一个是尼庵，

两座山腰里抱着两个庙宇。

二百年前，尼庵里一个少尼

绣下了一张珍奇的帷幔；

每当乡人进香的春节，

却在对面的僧院里展览。

这又错综、又离奇的原由，

出自农人们单纯的谈话里，

1　原载 1925 年 11 月 28 日《沉钟》周刊第 7 期，题为《绣帷幔的少尼》。初收《昨日之歌》，改题为《帷幔》；编入《冯至诗文选集》时做了一些删改，后曾编入《冯至诗选》《冯至选集》。此据《冯至选集》编入。

说那少尼在十七岁的时节，
就跪在菩萨龛前，把头发剃去。

她到底是为了什么？
她并不是为了饥寒；
也不是为了多病，
在佛前许下了什么夙愿。

她只是在一个月夜里，
暗暗地离掉了她的家园，
她深深隐藏着她的痛苦，
又被莺鸟儿说出她的幽怨。

她不知走过了多少迷途，
走得月儿圆圆地落在西方；
在雀鸟声中，她走到这座庵前，
庵前有一潭水，微微荡漾。

她在水里望着她的面影，
她下了最后的决心，
她毅然走入尼庵中，
情愿在尼庵里消灭她的青春。

老尼含着笑意向她说，

"你既然发愿，我也不能阻挡你，
从此一切的妄念都要除掉，
这不能比寻常的儿戏！

"虽说你觉得苦海无边，
到底是谁把你这个年轻人唤醒？
纵使你在我的面前不肯说，
在佛前忏悔时也要说明！"

"我的师，并没有人把我唤醒，
我只是无意中听见一句，
将来同我共运命的那个人，
是一个又丑陋、又愚蠢的男子。

"无奈婚约早被父母写成，
婚筵也正由亲友筹划；
他们嘻嘻笑笑忘了我的时候，
我背了他们，来到这座山下。

"我的师，这都是真实的话，
我相信你同信菩萨一样；
我情愿消灭了一切执念，
冰一般凝冻我的心肠！"

泪珠儿随着清脆的语声，

一滴滴、一声声，湿遍了衣襟。

老尼说，"你若削去烦恼丝，

泪珠儿也要随着烦恼消尽！"

春风才吹绿了山腰，

秋雨又浇病了檐前的弱柳；

人世间不知有了多少变迁，

尼庵总是没有新鲜，没有陈旧。

过了一天，恰便似过了一年，

眼看就是一年了，回头又好像一天。

水面上早已结了寒冰，

荒凉和寂寞也来自远远的山巅。

正午的阳光，初春般的温暖，

净洁的白鸽儿在空中飞翔；

远远来了一对青年兄妹，

不知是来游览呢，还是来进香？

她看着那个青年的眉端，

蕴藏着难言的深情一缕；

活泼的妹子悄悄地在她身边，

述说起她的哥哥的身世。

"美丽的少姑啊，我告诉你，
聪明的你，你说他冤不冤？
只因为一个未婚妻遗弃了他，
他便抱定了永久不婚的志愿。"

她出乎意外，听了这样的话，
字字声声都变成千针万棘；
她想，这个遗弃了他的未婚妻，
会不会就是她自己？

她昏昏地独坐在门前，
落日沉沉，北风凄冷，
她目送着一对兄妹下了山，
一直看到没有一些儿踪影。

寒鸦呀呀地栖在枯枝，
眼前只剩下黄昏一片，
热泪溶解了潭里的寒冰，
暮钟的声音，她仿佛没有听见。

随后她在病中向老尼
说出来她的不应该有的心情；
老尼的心肠虽然冷若冰霜，

也不由得对她有几分同情。

她叫她静静地修养，
在庵后的一间小楼。
她不知病了多少时，
嫩绿的林中又听见了鹧鸪。

山巅的积雪被暖风融化，
金甲的虫儿在春光里飞翔；
她的头儿总是低沉着，
漫说升天成佛，早都无望。

只希望将来有那么一天，
被葬入三尺的孤坟。
因为只要是世上所有的，
她都没有了一些儿福分。

炉烟缕缕地催人睡眠，
春风薰薰地吹入窗阁；
一个牧童吹着嘹亮的笛声，
赶着羊儿，从她的楼下走过。

笛声越远，越显得悠扬，
两朵红云浮上苍白的面庞；

她取出一张红色的绸幔，
端详了许久，又放在身旁。

第二日的阳光笛声里，
还掺杂着使人兴奋的歌唱；
她的心里涌出来一朵白莲，
她就把它绣在帷幔的中央。

此后日日的笛声里，
总有一种新鲜的曲调。
她也就按着心意用彩色的线，
水里绣了比目鱼，天上是相思鸟！

她时时刻刻地没有停息，
把帷幔绣成了极乐的世界：
树叶相遮，溪声相应，
只剩下了左方的一角。

她本来还想把她的悲哀，
也绣在那空角的上面；
无奈白露又变成严霜，
深夜里又来了嗷嗷的孤雁。

梧桐的叶儿依依地落，
枫树的叶儿凄凄地红，

风翕翕，雨疏疏，她开了窗儿，
等候着那个吹笛的牧童。

  "这是我半年来绣成的帷幔，
多谢你的笛声给了我许多幻想！
我是一个久病无望的少尼，
这帷幔上绣着我对人间的愿望。

  "可是我们永远隔离着
在两个不同的世界里——"
她把这包帷幔抛下去，
匆匆地又把窗儿关闭。

次日的天空布满了浓云，
宇宙都病了三分，更七分愁苦：
一个牧童剃度在对方的僧院，
尼庵内焚化了这年少的尼姑。

现在已经二百多年了，
帷幔还郑重地藏在僧院里。
只是那左方的一角，
至今没有人能够补起。

                                    1924 年

蚕马 [1]

1

溪旁开遍了红花，

天边染上了春霞，

我的心里燃起火焰，

我悄悄地走到她的窗前。

我说，姑娘啊，蚕儿正在初眠，

你的情怀可曾觉得疲倦？

只要你听着我的歌声落了泪，

就不必打开窗口问我，"你是谁？"

在那时，年代真荒远，

路上少行车，水上不见船，

在那荒远的岁月里，

有多少苍凉的情感。

是一个可怜的少女，

没有母亲，父亲又远离，

临行的时候嘱咐她，

1　初收《昨日之歌》。编入《冯至诗文选集》时，略做修改；
后曾编入《冯至诗选》《冯至选集》。此据《冯至选集》编入。

"好好耕种着这几亩田地！"

旁边一匹白色的骏马，
父亲眼望着女儿，手指着它，
"它会驯良地帮助你犁地，
它是你忠实的伴侣。"
女儿不懂得什么是别离，
不知父亲往天涯，还是海际。
依旧是风风雨雨，
可是田园呀，一天比一天荒寂。

"父亲呀，你几时才能够回来？
别离真像是汪洋的大海；
马，你可能渡我到海的那边，
去寻找父亲的笑脸？"
她望着眼前的衰花枯叶，
轻抚着骏马的鬃毛，
"如果有一个亲爱的青年，
他必定肯为我到处去寻找！"

她的心里这样想，
天边浮着将落的太阳，
好像有一个含笑的青年，
在她的面前荡漾。

忽然一声响亮的嘶鸣，

把她的痴梦惊醒；

骏马已经投入远远的平芜，

同时也消逝了她面前的幻影。

2

温暖的柳絮成团，

彩色的蝴蝶翩翩，

我心里正燃烧着火焰，

我悄悄地走到她的窗前。

我说，姑娘啊，蚕儿正在三眠，

你的情怀可曾觉得疲倦？

只要你听着我的歌声落了泪，

就不必打开窗门问我，"你是谁？"

荆棘生遍了她的田园，

烦闷占据了她的日夜，

在她那寂静的窗前，

只叫着喳喳的麻雀。

一天又靠着窗儿发呆，

路上远远地起了尘埃；

（她早已不做这个梦了，

这个梦早已在她的梦外。）

现在啊，远远地起了尘埃，
骏马找到了父亲归来；
父亲骑在骏马的背上，
马的嘶鸣变成和谐的歌唱。
父亲吻着女儿的鬓边，
女儿拂着父亲的征尘；
马却跪在她的身边，
止不住全身的汗水淋淋。

父亲像宁静的大海，
她正如莹晶的皎月，
月投入海的深怀，
净化了这烦闷的世界。
只是马跪在她的床边，
整夜地涕泗涟涟，
目光好像明灯两盏，
　"姑娘啊，我为你走遍了天边！"

她拍着马头向它说，
　"快快地去田里犁地！
你不要这样癫痴，
提防着父亲要杀掉了你。"
它一些儿鲜草也不咽，

半瓢儿清水也不饮，

不是向着她的面庞长叹，

就是昏昏地在她的身边睡寝。

3

黄色的藦芜已经凋残，

到处飞翔黑衣的海燕，

我的心里还燃着余焰，

我悄悄地走到她的窗前。

我说，姑娘啊，蚕儿正在织茧，

你的情怀可曾觉得疲倦？

只要你听着我的歌声落了泪，

就不必打开窗门问我，"你是谁？"

空空旷旷的黑夜里，

窗外是狂风暴雨；

壁上悬挂着一张马皮，

这是她惟一的伴侣。

"亲爱的父亲，你今夜

又流浪在哪里？

你把这匹骏马杀掉了，

我又是凄凉，又是恐惧！

"亲爱的父亲，
电光闪，雷声响，
你丢下了你的女儿，
又是恐惧，又是凄凉。"
"亲爱的姑娘，
你不要凄凉，不要恐惧！
我愿生生世世保护你，
保护你的身体！"

马皮里发出沉重的语声，
她的心儿怦怦，发儿悚悚；
电光射透了她的全身，
马皮又随着雷声闪动。
随着风声哀诉，
伴着雨滴悲啼，
"我生生世世地保护你，
只要你好好地睡去！"

一瞬间是个青年的幻影，
一瞬间是那骏马的狂奔；
在大地将要崩溃的一瞬，
马皮紧紧裹住了她的全身！

姑娘啊，我的歌儿还没有唱完，

可是我的琴弦已断；

我惴惴地坐在你的窗前，

要唱完最后的一段：

　　一瞬间风雨都停住，

　　皓月收束了雷和电；

　　马皮裹住了她的身体，

　　月光中变成了雪白的蚕茧。

1925 年

附注：

　　传说有蚕女，父为人掠去，惟所乘马在。母曰："有得父还者，以女嫁焉。"马闻言，绝绊而去。数日，父乘马归。母告之故，父不可。马咆哮。父杀之，曝皮于庭。皮忽卷女而去，栖于桑，女化为蚕。

　　　　　　　　　　——见干宝《搜神记》

寺门之前 [1]

暮色染上了赭红的寺门，

翠柳上的金光还不曾褪尽，

街上的浮荡着轻软的灰尘，

寺门前憩坐着三五行人——

有的是千里外的过客，

有的是左近的村邻，

他们会面的时候都生疏，

霎时间便成为知己，十分亲近。

他们诉说着海外的珍闻，

同着三十年前的争战；

一任行囊委弃，在路旁，

只领略着烟味浓，茶水淡——

在他们语言交错的中间，

一个年老的僧人也坐在庙前，

看他那余晖反映的双眼，

可含着什么非常的经验？

1　原载 1926 年 8 月 11 日《沉钟》半月刊第 1 期，初收《昨日之歌》。此据《昨日之歌》编入。

一个人说他幼时在海滨，

海上还没有火轮——

燕子邀请着他们的灵魂，

游历那奇险的乌云，

白鸥也时时约他们，

沉入了海水的深深；

并且听他的祖母说，

水中当真有那喷楼的海蜃。

"只是最近的五十年，

蜃楼再也不出现！"

他一边说一遍感叹，

不提防，老僧走近了他们的身畔。

"我也是生长在海边，"

他那没有牙齿的唇儿微微地颤，

"我那时满想，生命有多少年，

蜃楼可以望见多少遍。

"为什么我做了行脚僧，

离开了海滨的风景？

奇彩的蜃楼在脑中，

只剩下一个深深的幻影！

我走过江南的水千道，

我走过西蜀的山万重，

但我最后来到这里，
这里的北方的古城。

"佛呀，我那时还是在少年，
用力打破了层层的难关：
为了西蜀的少妇们
曾经整夜地失过眠——"
他的态度很安然，
大家惊讶地面面相观。
"为了江南的姑娘们
曾经整年地觉着心内酸！

"佛呀，我那时还是正年少，
用力解开了结结的烦恼：
每逢走过了繁华之区，
便尽着两腿向前跑——
头昏沉，泪含饱，
沾湿了灰色的僧袍；
跑到城外的荒丘，
伸开臂将和风紧抱！

"佛呀，我那时还是在少年，
许下了许多夙愿：
负着我锋利的殳刀

天涯地角都走遍——
若遇见暴露的白骨，
便将它珍重地掩埋：
还为它的灵魂祝祷着，
祝祷着来生的安晏！

"年少真是不好过，
内心里起了无限的风波，
风波是那样的险恶，
正像是流下了龙门的黄河。"
"修行真不是件容易事，"
大家漠漠落落地说——
谁留神他皱纹的衰颊上，
缀上了泪珠三两颗！

"咳，修行真不是件容易事，
什么地方是西天？
红色的花朵眼也不准看，
绿色的叶子手也不许攀；
挨过了十载的岁月，
好容易蹀到了中年，
那时内心稍平定，
才胆敢在路上流连！

"啊！一夜荡荡地是什么情景？
初秋的月亮是一座冰轮，
萤火虫儿尽在草里飞，
冷露湿遍了荒寞的乡村；
据说这座乡村，
才经过了兵抢，又是火焚，
如今只要到了傍午，
便静静地鸡犬不闻。

"在我的面前是什么，
我只一心一意思念着佛；
梦一般地浮漾着
那银光灿烂的恒河，
河上开遍了白莲花，
群神端坐莲花朵——
啊，脚下软软地是什么？
佛啊，说起来真是罪过！"

这时大家更惊吓，
他的面貌转成了狞恶，
"在我的脚下是什么？
是一条女子的尸骸半裸！
我的脚踏着她的头发，
我的全身都抖索！

53

月光照着她的肌肤雪一样的白，
月光照着我的眼睛泥一样的黑！

"这时由于我的直感，
不曾忘记了我的夙愿，
我在路旁的土地上，
还尽力用我的殳刀铲。
我的手无心触着了她，
我的全身血脉都打颤，
在无数的颤栗的中间，
我把她的全身慢慢都抚遍！

"这时我像是一个魔鬼，
夜深时施展着我的勤劳；
我竟敢将她抱起来，
任凭月光斜斜地将我照！
我的全身都僵凝，
她的心头却仿佛微微跳；
这时我像是挖着了奇宝，
远远的鸥枭嗷嗷地叫！

"我望着她苍白的面孔，
真是呀无限的华严；
眼光钉在她的乳峰上，

那是高高地须弥两座山！
我戏弄，在她的身边，
我呼吸，在她的身边；
全身是腥腐的气味，
夹杂着脂粉的余残。

　"最后我枕在尸上边，
享受着异样的睡眠，
我像是枕着腻冷的石绵；
萤火虫儿迷离地，
我真是魔鬼一般——
我的梦不曾做了多一半，
鸡已经叫了第三遍，
是什么在身后将我追赶？"

老僧说到这里静无言，
面色凄凄惨惨地变；
大家都哑口无声，
一任着夜色来浸淹——
　"咳，自从可怕的那一晚，
我再也不敢行脚在外边，
于是我在这里住下了，
一住住了三十年！

"在这默默中间的三十年，
蜃楼的幻影回来三十遍——
若是那初秋的夕阳，
淡淡地云彩似当年；
可是幻影不久便幻灭，
空剩下一轮明月在高悬，
于是我颤颤地回到方丈内，
还一似躺在女尸的身边！

"这是我日夜的功课！
我的悲哀，我的欢乐！
什么是佛法的无边？
什么是彼岸的乐国？
我不久死后焚为残灰，
里面可会有舍利两颗？
一颗是幻灭的蜃楼！
一颗是女尸的半裸！"

他说罢泣泣奄奄，
刹那间星斗满了天——
人们都忘了是行路人，
悚悚地坐在寺门前；
烟味也不浓，
茶水更清淡！

像一只褐色的蜘蛛，

吐着丝将他们一一地绊！

1926 年夏

II 北游及其他

无花果 [1]

看着阴暗的、棕绿的果实，
它从不曾开过绯红的花朵，
正如我思念你，写出许多诗句，
我们却不曾花一般地爱过。

若想尝，就请尝一尝吧！
比不起你喜爱的桃梨苹果，
我的诗也没有悦耳的声音，
读起来，舌根都会感到生涩。

1926 年

---

1 在《北游及其他》中，冯至以韩偓的诗作为《无花果》本辑的题记："菊露凄罗幕，梨霜恻锦衾。此生终独宿，到死誓相寻。"《无花果》一诗原载 1928 年 11 月 29 日《新中华报·副刊》第 6 号，初收《北游及其他》。后曾编入《冯至诗文选集》《冯至诗选》和《冯至选集》。此据《冯至选集》编入。

雪中 [1]

感谢上帝呀，画出来这样的画图，
在这寂寞的路旁，画上了我们两个；
雪花儿是梦一样地缤纷，
中间更添上一道僵冻的小河。

我怀里是灰色的、岁暮的感伤，
你面上却浮荡着绯色的春光——
我暗自思量啊，如果画图中也有声音，
我心里一定要迸出来："亲爱的姑娘！"

你是深深地懂得我的深意，
你却淡淡地没有一言半语；
一任远远近近的有情无情，
都无主地飘蓬在风里雪里。

最后我再也忍不住这样的静默，
用我心里惟一的声音把画图撕破。

1　初收《北游及其他》，后曾编入《冯至诗选》《冯至选集》。
此据《冯至选集》编入。

雪花儿还是梦一样地迷濛，

在迷濛中再也分不清楚你我。

1926 年

什么能够使你欢喜 [1]

你怎么总不肯给我一点笑声，
到底是什么声音能够使你欢喜？
如果是雨啊，我的泪珠儿也流了许多；
如果是风呢，我也常秋风一般地叹气。
你可真像是那古代的骄傲的美女，
专爱听裂帛的声息——
啊，我的时光本也是有用的彩绸一匹，
我为着期待你，已把它扯成了千丝万缕！

你怎么总不肯给我一点笑声，
到底是什么东西能够使你欢喜？
如果是花啊，我的心也是花一般地开着；
如果是水呢，我的眼睛也不是一湾死水。
你可真像是那古代的骄傲的美女，
专爱看烽火的游戏——
啊，我心中的烽火早已高高地为你燃起，
燃得全身的血液奔腾，日夜都不得安息！

1926 年

1　原载 1929 年 1 月 25 日《华北日报·副刊》第 19 号，初收
《北游及其他》。后曾编入《冯至诗选》《冯至选集》。此据《冯
至选集》编入。

桥 [1]

"你同她的隔离是海一样地宽广。"
"纵使是海一样地宽广，
我也要日夜搬运着灰色的砖泥，
在海上建筑起一座桥梁。"

"百万年恐怕这座桥也不能筑起。"
"但我愿在几十年内搬运不停，
我不能空空地怅望着彼岸的奇彩，
度过这样长、这样长久的一生。"

1926 年

---

1 原载 1929 年 1 月 9 日《新中华报·副刊》第 40 号，初收《北
游及其他》。编入《冯至诗文选集》时略有修改，后曾编入《冯
至诗选》《冯至选集》。此据《冯至选集》编入。

饥兽[1]

我寻求着血的食物，
疯狂地在野地奔驰。
胃的饥饿、血的缺乏、眼的渴望，
使一切的景色在我的面前迷离。

我跑上了高山，
尽量地向着四方眺望；
我恨不能化作高空里的苍鹰，
因为它的视线比我的更宽更广。

我跑到了水滨，
我大声地呼叫；
水的彼岸是一片沙原，
我正好到那沙原上边奔跑。

我跑入森林里迷失了出路，
我心中是如此疑猜：

1　原载 1929 年 2 月 2 日《新中华报·副刊》第 58 号，初收《北游及其他》，后曾编入《冯至诗文选集》《冯至诗选》和《冯至选集》。此据《冯至选集》编入。

纵使找不到一件血的食物，怎么
也没有一枝箭把我当做血的食物射来？

1927 年

北游 [1]

他逆着凛冽的夜风，上了走向那大而黑暗的都
市，即人性和他们的悲痛之所在的艰难的路。

——望蔼覃 [2]：《小约翰》

1 前言

歧路上彷徨着一些流民歌女，
疏疏落落地是凄冷的歌吟；
人间啊，永远是这样穷秋的景象，
到处是贫乏的没有满足的声音。
我是一个远方的行客，
走入一座北方都市的中心。
窗外听不见鸟声的啼唤，

1　在《北游及其他》中，冯至以杜甫的以下两句诗作为本辑
的题记："此身饮罢无归处，独立苍茫自咏诗。"
　　《北游》长诗原载 1929 年 1 月 6—17 日《华北日报·副刊》
第 3 至 12 号，共十三章，署名鸟影。初收《北游及其他》，
漏掉第五章《雨》，后曾编入《冯至诗文选集》《冯至诗选》。
编入《冯至选集》时，又将第五章《雨》补入。此据《冯至选集》
编入。
2　望蔼覃（Van Eeden，1860—1932），荷兰作家、医生，其
名作《小约翰》为鲁迅所译。

市外望不见蔚绿的树林；

天空点染着烟筒里冒出的浓雾，

街上响着车轮轧轧的噪音。

一任那冬天的雪花纷纷地落，

秋夜的雨丝洒洒地淋！

人人裹在黑色的外套里，

看他们的面色吧，阴沉，阴沉……

2 别

我离开那八百年的古城，

离开那里的翠柏苍松，

那里黄色的琉璃瓦顶

和那红色栏杆的小亭，

我只想长久地和它们告别，

把身体委托给另外的一个世界；

我明知我这一番的结果，

是把我的青春全盘消灭。

临行时只思念着一个生疏的客人，

他曾经抱着寂寞游遍全世，

我愿意叫他一声"我的先生"，

我愿听他给我讲述他的经历。

猛抬头，一条小河，水银一般，

婉婉转转地漂来了莲灯一盏，

清冷的月色使我忽然想起，

啊，今天是我忘掉了的中元。

我恨不能从我的车窗跳下，

我恨不能把莲灯捧在胸前。

月光是这样的宁静、空幻，

哪容我把来日的命运仔细盘算。

我只想把那莲灯吻了又吻，

把灯上的火焰吞了还吞，

它仿佛是谁人的派遣，

给我的生命递送几分殷勤。

终于呀，莲灯向着远方漂去，

火车载我走过了一座树林；

好像有个寂寞的面孔向我微笑，

它微笑的情调啊，阴沉，阴沉……

3 车中

我静静地倚靠着车窗，

把将来的事草草地思量，

回头看是一片荒原，

荒原里可曾开过一朵花，涌过一次泉？

我静静地倚靠着车窗，

把将来的事草草地思量，

前面看是嵯峨的高山，

可有一条狭径让我走，一座岩石供我攀？

我在这样的情况当中，

可真是和我的过去永久分手？

再也没有高高的城楼供我沉思，

再也没有荫凉的古松伴我饮酒；

如今的荒野里只有久经风霜的老槐，

它们在嘲笑着满车里孤零的朋友。

月亮圆圆地落，

晓风阵阵地吹，

这时地球真在骎骎地转，

车轮不住促促地催。

秦皇岛让我望见了一湾海水，

山海关让我望见了一角长城；

既不能到海中央去随着海鸥飞没，

也不能在万里长城上望一望万里途程。

匆匆地来，促促地去，什么也不能把定，

匆匆地来，促促地去，匆促的人生！

我从那夏的国里，

渐渐地走入秋天，

冷雨凄凄地洒，

层云叠叠地添。

水边再也没有依依的垂柳，

四野里望不见蔚绿的苍松，

在我面前有两件东西等着我：

阴沉沉的都市，暗淡淡的寒冬！

沉默笼罩了大地，

疲倦压倒了满车的客人。

谁的心里不隐埋着无声的悲剧，

谁的面上不重叠着几缕愁纹，

谁的脑里不盘算着他的希冀，

谁的衣上不着满了征尘。

我仿佛没有悲剧，也没有希冀，

只是呆呆地对着车窗，阴沉，阴沉……

4 哈尔滨

听那怪兽般的汽车，

在长街短道上肆意地驰跑，

瘦马拉着破烂的车，

高伸着脖子嗷嗷地呼叫。

犹太的银行、希腊的酒馆、

日本的浪人、白俄的妓院，

都聚在这不东不西的地方，

吐露出十二分的心足意满。

还有中国的市侩，

面上总是淫淫地嘻笑。

姨太太穿着异样的西装，

纸糊般的青年戴着瓜皮小帽，

太太的脚是放了还缠，

老爷的肚子是猪一样地肥饱。

在他们"幸福"的面前，

满街都洒遍了金银，

更有那全身都是毒菌的妓女，

戴着碗大的纸花摇荡在街心。

我像是游行地狱，

一步比一步深，

我不敢望那欲雨不雨的天空，

天空充满了阴沉，阴沉……

5 雨

接连下了三宵的寒雨，

顿觉得像是深秋天气。

我寞寞地打开我的行箧，

我寞寞地捡起一件夹衣——

啊，真是隔世一般，像从古墓中，

挖出来残骸余体。

这是我过去的青春吗，

上面可有我一点繁荣的痕迹？

神，请你多给我些雨一般的泪珠，

我愿把痕迹通通洗去。

昨日的春天已经到了芬芳的时刻，
满园的梨花都要开了，
今朝因为要换夹衣，
所以分外起得早。
心里充满了期待的情绪，
"夹衫乍著心情好！"
在清凉里我穿着这件夹衣，
不住地向着朝霞走去，
直到那血红的太阳涌出来，
我向着它深深地呼吸。
那时我体验了爱情，青春的爱情，
那时我体验了生命，青春的生命！
在清凉里我穿着这件夹衣，
傍着黄昏的池塘绕来绕去，
水里照映出新月一弯，
我向着它轻轻地叹息。
那时我体验了爱情，青春的爱情！
那时我体验了生命，青春的生命！
我穿着它拜访过初相识的友人，
紧握着一本写遍了命运的诗集，
凝望着天空朵朵的白云，
要把它们朵朵地揣在衣袋里。

如今衣袋里的"白云"都已无形消散，
幻想在我的面前一闪一闪地闪去……
空望着雨中的异地风光，
心中充满了怅惘的情绪。
情怀已经不似旧时，
怎当得起这旧日的衣裳，异乡的天气！
怎么几个月的隔离，
心情竟会这般差异？
仿佛是几十年的隔离，
心情竟有这般的差异！

走进来一位老实的客人——
"朋友啊，这件夹衣太短小，
我劝你再做一件。"
"我感谢你，感谢你的忠告。"
我像是荒林中的野兽
没有声息地死守荒林，
把这件夹衣当做天空的云彩，
我要披着它把旧梦追寻。
往日的遗痕，
往日的芬芳，
泪珠儿究竟不能雨一样地洗，
泪眼却是雨云一样地阴沉、阴沉……

6 公园 [1]

商店里陈列着新鲜的货品，
酒馆里沸腾着烟酒的奇香，
我仿佛在森林里迷失了路径，
　"朋友呀！你可愿在这里埋葬？"

我战兢兢走入公园，
满园里刮遍了秋风，
白杨的叶子在夕阳里闪，
我立在夕阳闪烁的当中。

园外是车声马声，
园内是笑声歌声，
我尽量地看，尽量地听，
终归是模糊不定，隔了一层。
我回忆起我的童年，
和宇宙是怎样的亲爱，
我能叫月姑娘的眉儿总是那样地弯，
我能叫太阳神的车轮不要那样地快。
现在呀，一切都同我疏远，
无论是日升月落，夏去秋来，

1　《华北日报·副刊》与《北游及其他》原题《在公园》，
编入《冯至诗文选集》时略做删改，并改题为《公园》。

黄鹂再不在我的耳边鸣啭，
昏鸦远远地为我鸣哀。

一切都模糊不定，隔了一层，
把"自然！"呼了几遍，
把"人生！"叫了几声。
我是这样地虚飘无力，
何处是我生命的途程？
我敬爱
那样的先生——
他能沉默而不死，
永远做一个无名的英雄；
但是我只能在沉默中死去，
无名而不是英雄。
我崇拜
伟大的导师——
使我们人类跌而复起，
使我们人类死而复生，
使我们不与草木同腐，
风雨后他总给我们燃起一盏明灯；
无奈我的眼光是那样薄弱，
风雨里看不出一点光明。
我羡慕
为热情死去的少女少男——

在人的心上

留了些美的忆念。

啊，我一切都不能，

我只能这样呆呆地张望，

望着市上来来往往的人们，

人人的肩上担着个天大的空虚，

此外便是一望无边的阴沉，阴沉……

7 咖啡馆 [1]

漫漫的长夜，

再也杀不出这黑暗的重围，

多少古哲先贤不能给我一字的指导，

他们和我可是一样地愚昧？

已经没有一点声音，

啊，窗外的雨声又在我的耳边作祟。

去，去，披上我的外衣，

不管风是怎样暴，雨是怎样狂，

哪怕是坟地上的鬼火呢，

我也要找出来一粒光芒。

---

1 《华北日报·副刊》与《北游及其他》原题《Café》，编入《冯至诗文选集》时略做删改，并改题为《咖啡馆》。

街灯似乎都灭了，

满路上都是泞泥，

我的心灯就不曾燃起，

满心里也是泞泥。

路上的泞泥会有人扫除，

心上的泞泥却无法处理。

我走入一座咖啡馆，

里面炫耀着彩色的灯罩，

没有风也没有雨了，

只有小歌曲伴着简单的音乐。

我望着那白衣的侍女，

我躲避着她在没有人的一角；

她终于走到我的身边，

我终于不能不对她微笑：

"异乡的女子，我来到这里，

并不是为了酒浆，

只因我心中有铲不尽的泞泥，

我的衣袋里有多余的纸币一张。"

我望着她一副不知愁的面貌，

她把酒不住缓缓地斟，

我的心并不曾感到一点轻松，

只是越发加重了，阴沉，阴沉……

8 中秋

中秋节的夜里，家家充满了欢喜，
到处是麻雀牌的声息，
男的呼号，女的嘻笑，
大屋小室都是恶劣的烟气；
锣鼓的喧阗震破了天，
鸡鸭的残骸扔遍了地。
官僚、买办、投机的富豪，
都是一样地忘掉了自己。
他们不知道，背后有谁宰割，
他们的运命握在谁的手里。
女人只看见男人衣袋中的金钱，
男人只知道女人衣裙里的肉体。

我也参加了一家的宴会，
一个赭色面庞的男子向我呼叫：
"朋友啊，你来自北京，
请为大家唱一出慷慨淋漓的京调！"
我无言无语地谢绝了他，
我无言无语地离开了这座宴席，
我走出那热腾腾的蒸锅，
冰冷的月光浇得我浑身战栗。
我望着明月迟迟自语，

我到底要往哪里走去？

松花江上停泊着几只小艇，

松花江北的北边，该是什么景象？

向北望，是西伯利亚大陆，

风雪的故乡！

那里的人是怎样地在风雪里奋斗，

为了全人类做那勇敢的实验；

这里的人把猪圈当做乐园，

让他们和他们的子孙同归腐烂！

正如一人游泳在大海里，

一任那波浪的浮沉，

我坐在一只小艇上，

它把我载到了江心。

我像是一个溺在水里的儿童，

心知这一番再也不能望见母亲，

随波逐流地，意识还不曾消去，

还能隐隐地望见岸上的乡村：

在那浓绿的林中，

曾经期待过美妙的花精，

那泥红的墙下，

曾经听过寺院里的钟声。

一扇扇地闪在他幼稚的面前，

他知道前面只是死了，没有生。
我只想就这样地在江心沉下，
像那天边不知名的一个流星；
把过去的事想了又想，
把心脉的跳动听了还听——
一切的情，一切的爱，
都像风吹江水，来去无踪。

生和死，是同样地秘密，
一个秘密的环把它们套在一起，
我在这秘密的环中，
解也解不开，跑也跑不出去。
我望着月光化做轻烟，
我信口唱出一些不成腔调的小曲，
这些小曲我不知从何处学来，
也不知要往哪儿唱去！

我望着宁静的江水，拊胸自问：
我生命的火焰可曾有几次烧焚？
在几次的烧焚里，
可曾有一次烧遍了全身？
二十年中可有过真正的欢欣？
可经过一次深沉的苦闷？
可曾有一刻把人生认定，

认定了一个方针?

可真正地读过一本书?

可真正地望过一次日月星辰?

欺骗自己，我可曾真正地认识

自己是怎样的一个人?

我全身的血管已经十分紊乱，

我脑里的神经也是充满纠纷;

低着头望那静默的江水，

江水是那样阴沉，阴沉……

9 礼拜堂

我徘徊在礼拜堂前，

上帝早已失却了他的庄严。

夕阳里的钟声只有哀婉，

仿佛说，"我的荣华早已消散。"

钟声啊，你应该回忆，

回忆几百年前的情景:

那时谁听见你的声音不动了他的心，

谁听见你的声音不深深地反省:

老年人听见你的声音想到过去，

少年人听着你的声音想到他事业的前程，

慈母抱着幼儿听见你的声音，

便画着十字架，"上帝呀，保祐我们!"

还有那飘流的游子，

寻求圣迹的僧人，

全凭你安慰他们，

安慰他们的孤寂、他们的黄昏。

如今，他们已经寻到了另一个真理，

这个真理并不是你所服务的上帝。

你既不能增长他们的悲哀，

也不能助长他们的欢喜；

他们要把你熔化，

铸成一把锄头，

去到田间耕地。

你躲在这无人过问的、世界的一角，

发出来这无人过问的、可怜的声息！

我徘徊在礼拜堂前，

巍巍的建筑好像化做了一片荒原。

乞丐拉着破提琴，

向来往的行人乞怜。

忽然喉咙颤动了，

伴着琴声，颤颤地歌唱。

凋零的朋友呵，我有什么勇气，

把你的命运想一想：

你也许曾经是人间的骄子，

时代的潮流把你淘成这样；

你也许是久经战场的健儿，

一旦负了重伤；

你也许为过爱情烦恼；

你也许为过真理发狂……

一串串的疑问在我的心里想，

一串串的疑问在你的唇边唱。

一团团命运的哑谜，

想也想不透，唱也唱不完……

…………

…………

啊，这真是一个病的地方，

到处都是病的声音——

天上哪里有彩霞飘扬，

只有灰色的云雾，阴沉，阴沉……

10 秋已经……

秋已经像是中年的妇人，

为了生产而憔悴，

一带寒江有如她的玉腕，

一心要挽住落日的余晖。

东方远远地似雾非烟，

遮盖了她的愁容，遮没了她的双肩，

她可一心一意地梦想，

梦想她少年的春天?

她终于挽不住西方的落日,

却挽住了我的爱怜,

爱怜里没有温暖的情味,

无非是彼此都感到了衰残。

但是秋啊,你也曾经开过花,

你也曾经结过果,

我的花儿可曾开过一朵,

我的果子可曾结过一个?

从此我夜夜叹息,

伴着那雨声淋淋……

从此我朝朝落泪,

望着那落叶纷纷……

从此我在我的诗册上,

写遍了阴沉,阴沉……

11 "Pompeji"[1]

夜夜的梦境像是无底的深渊,

深沉着许许多多的罪恶;

---

1 Pompeji:意大利古城,在维苏威山下。公元 79 年,维苏威火山爆发,全城湮没,18 世纪才又被发掘出来。这里是一个酒馆的名字。——作者注

朝朝又要从那深渊里醒来，

窗外的启明星摇摇欲落！

一次我在梦的深渊里，

走入了 Pompeji 的故墟，

摸索着它荣华的遗迹，

仿佛也看见了那里的卖花女子；

淡红的夕阳奄奄，

伴着我短叹长嘘。

这次的醒来，夜还不曾过半，

我听那远远的街心，

乞儿的琴弦还没有拉断。

我怀念着古代的 Pompeji 城，

坐在一家叫做 Pompeji 的酒馆里，

酒正在一杯一杯地倒，

女人们披着长发，唱着歌曲：

　"喝酒吧！跳舞吧！

只有今宵，事事都由我们做主。

把灯罩染得血一样地红，

把烛光燃得鬼一样地绿！

明天呀，各人回到各人的归宿，

这里自然会成了一座坟墓。"

听这沉郁的歌声，

　分明是世界末日的哀音，

一团团烟气缭绕，

可是火山又要崩焚？

崩焚吧，快快崩焚吧！

这里的罪恶比当年的 Pompeji 还深：

这里有人在计算他的妻子，

这里有人在欺骗他的爱人，

这里的人，眼前只有金银，

这里的人，身上只有毒菌，

在这里，女儿诅咒她的慈母，

老人在陷害他的儿孙；

这里找不到一点真实的东西，

只有纸做的花，胭脂染红的嘴唇。

这里不能望见一粒星辰，

这里不能发现一点天真。

我也要了一杯辛辣的酒，

一杯杯浇灭我的灵魂；

我既不为善，更不做恶，

忏悔的泪珠已不能滴上我的衣襟。

看这些男女都拥在一起，

在这宇宙间最后的黄昏。

快快地毁灭，像是当年的 Pompeji，

最该毁灭的，是这里的这些游魂！

明天，一切化成灰烬，

日月也没有光彩，阴沉，阴沉……

12 追悼会

不知不觉地，树叶都已落尽，
日月的循环，在我已经不生疑问；
我只把自己关在房中，空对着
《死室回忆》作者[1]的像片发闷。
忽然初冬的雪落了一尺多深，
似乎接到了一封远方的音信，
它从沉睡中把我唤醒，
使我觉得我的血液还在循环，
我的生命也仿佛还不曾凋尽。

松花江的两岸已经是一片苍茫，
分明是早晨的雪，却又像是夜月的光，
我望不见岸北的楼台，
也望不清江上的桥梁，
空望着这还未结冰的江水，
　"这到底是什么地方？"
　"你不知道吗，
你可是当真忘记？
这里已经埋葬了你一切的梦幻，
在那回中秋的夜里。

1　指陀斯妥也夫斯基。——作者注

你看这滚滚不息的江水，

早已把它们带入了海水的涛浪。

望后你要怎么样，

你要仔细地思量；

不要总是呆呆地望着远方，

不要只是呆呆地望着远方空想！"

啊，今天的宇宙，谁不是白衣白帽，

天空是那样地严肃，

雪在回环地舞蹈。

原来它们为了我

做一番痛切的追悼！

这里埋葬了我的梦幻，

我再也不愿在这里长久逡巡；

在这样的追悼会里，

空气是这样地阴沉，阴沉……

13 尾声 [1]

此后我的屋窗便结了冰霜，

我的心窗也透不进一点新的空气，

我像是一条冬天的虫，

------

1 《华北日报·副刊》与《北游及其他》原题《"雪五尺"》，
编入《冯至诗文选集》时做了较大改动，并改题为《尾声》。

一动不动地入了冬蛰。

　"朋友啊，你这一月像老了一年。"

　"老并不怕，我只怕这样长久地睡死。"

此后的积雪便铺满了长街，

日光也没有一点融解的热力，

我像是那街上的积雪，

一任命运的脚步踩来踩去。

　"朋友啊，你这一月像老了一年。"

　"老并不怕，我只怕这样长久地睡死。"

我不能这样长久地睡死，

这里不能长久埋葬着我的青春，

我要打开这阴暗的坟墓，

我不能长此忍受这里的阴沉。

　　　　　　　　　1928 年 1 月 1 日 三时

思量[1]

我要静静地静静地思量，
像那深潭里的冷水一样。
既不是源泉滚滚的江河，
不要妄想啊去灌溉田野的花朵；
又没有大海的浩波，
也不必埋怨这里没有海鸥飞没。

我要静静地静静地思量，
像那深潭里的冷水一样。
如果天气转变得十分阴凉，
自然会有些雨点儿滴在水上；
如果天上现出来一轮太阳，
水面也不难沾惹上一点阳光。

我要静静地静静地思量，
像那深潭里的冷水一样。
尤其是当那人寂夜阑，
只有三星两星的微芒落入深潭；
我知道我的一切是这样地有限，
不要去渴望吧那些豪华的盛筵！

---

1 原载 1929 年 3 月 18 日《华北日报·副刊》第 44 号。初收《北
游及其他》，后曾编入《冯至选集》。此据《冯至选集》编入。

我要静静地静静地思量，
像那深潭里的冷水一样。

1928 年

夜半 [1]

月光慢慢地迈进了玻璃窗，
屋内的一切都感到生命的欢狂。

月光慢慢地走到我的桌上，
桌上的文具都在那儿跳舞歌唱。

　　最先飞起的是那些雪白的稿纸，
　　一片片都飞到了屋顶，
　　它们一边飞一边说道：
　　"最该诅咒的是我的主人，
　　他从不曾在我的身上留下一些儿美好的痕迹！"
　　墨水瓶也喷泉一般地涌了出来：
　　"如果再不用我，我生命的力量已经无从发泄，
　　我要尽一夜的功夫把我的血液喷完，
　　明天，一个枯干的瓶子，留给他看！"
　　铅笔、毛笔同钢笔，
　　都站起来像是跳舞的少女；
　　它们说："这样的主人耽误了我们的青春，
　　在他身边我们唱不出一支迷人歌曲。"

1　原载 1929 年 4 月 8 日《华北日报·副刊》第 53 号，初收《北游及其他》，后曾编入《冯至诗选》《冯至选集》。此据《冯至选集》编入。

信封也在桌角上长嘘短叹：

　"我的绿衣裳已经变成了衰黄，

　他从不曾把我送到那春风淡荡的花园

　去游逛一趟！"——

　最后它们都义愤填膺，

　把一本厚重的哲学书推到地上：

　"你这猫头鹰一般、阴私的老人，

　把我们的主人害得死气沉沉！"——

　…………

月光慢慢地越过我的桌上，

桌上的文具都那样地跳舞歌唱。

我是怎样地担惊害怕，

月光不久啊就要走近我的床前——

快快地有块厚重的乌云吧，把它遮住，

我心上也需要盖上一层——沉闷的睡眠！

　　　　　　　　　　　　1928 年

月下欢歌 [1]

不要诉苦了，欢乐吧，
圆月高高地悬在天空。
充满了无边的希望
在这无边的月色当中。
　　"无边的月色，
　　　请你接受吧，
　　　　我的感谢！"

我显示在她面前的，
既不是白发老人，也不是婴孩，
是和她同时代的青年，
担负着同时代的欢乐和悲哀。
　　"我们的时代，
　　　请你接受吧，
　　　　我的感谢！"

1　原载 1929 年 1 月 31 日《华北日报·副刊》第 24 号，题为
《月下的欢歌》。初收《北游及其他》，改题为《月下欢歌》。
编入《冯至诗文选集》时，又改题为《我的感谢》，并做了一
些删改；编入《冯至诗选》时又改题为《月下欢歌》，后又编
入《冯至选集》。此据《冯至选集》编入。

她不是热带的棕色的少女，
也不是西方的金发的姑娘：
黄色的肌肤、黑色的眼珠，
我们在同一的民族里生长。
　　"我们的民族，
　　　请你接受吧，
　　　　我的感谢！"

我从母亲的口里学会了朴素的语言，
又从许多人的口里学会了怎样谈话，
我大声唱出我的诗歌，
把美好的声音在一块儿溶化。
　　"祖国的语言，
　　　请你接受吧，
　　　　我的感谢！"

温暖的阳光把我培养，
我的枝叶向着天空伸长，
我愿在风雨里开放花朵，
在冰雪中忍受苦创。
　　"温带的气候，
　　　请你接受吧，
　　　　我的感谢！"

我的灵魂是琴弦似地跳动，

我的脚步是江水般地奔跑。

我向着一切招手，

我向着一切呼叫：

　　"宇宙的一切，

　　　请你们接收吧，

　　　我的感谢！"

1929 年

暮春的花园 [1]

1

你愿意吗，我们一道
走进那座花园？
在这儿只剩下了
黄色的蘼芜没有凋残。

从杏花开到了芍药，
从桃花落到了牡丹：
它们享受着阳光的照耀，
受着风雨的摧残。

那时我却悄悄地在房里
望着窗外的天气，
暗自为它们担尽了悲欢。

如今它们的繁荣都已消逝，

1　原载 1929 年 5 月 6 日《华北日报·副刊》第 65 号，共四首。
初收《北游及其他》，删去每首诗的序号。编入《冯至诗选》
时恢复序号，略做修改，并删去第四首诗；后曾编入《冯至选
集》。此据《冯至选集》编入，所删第四首附录于后。

我们可能攀着残了的花枝
谈一谈我那寂寞的春天？

2

你愿意吗，我们一道
走进那座花园？
在那儿有曲径一条，
石子铺得是那样平坦。

我愿拾些彩色的石子
在你轻倩的身边；
我曾做过这样的游戏，
当我伴着母亲走到田间。

那时我的天空是那样晴朗，
白云流水都引起我的奇想；
从她死后，却只有黯淡的云烟。

如今的云烟又仿佛消散，
但童年的一切都已不见；
广大的宇宙中，你在我的面前。

3

你愿意吗，我们一道
走进那座花园？
我也不必穿着外套，
你也不必带着花环。

让春风吹进我们的胸脯，
荡荡地拂着我们的心田。
在心田上我们静静地等候
Amor[1] 跑到这里来游玩。

我想，在你温暖的怀里
比一切的花园都要美丽；
我的，却是沙漠一样地枯干。

我愿多多地落些泪珠，
来浸润我的心田，像是雨露
准备着一条彩虹显在天边。

4

你愿意吗，我们一道

1　罗马神话中的小爱神。

走进那座花园？

微风吹着水面的波纹，

教给我一些新的语言。

我说，水流着我们的青春。

风拂着远远的秋天……

如果我在松荫下谈到寒冬，

我们心头可能同时地起了震颤？

我愿从那震颤的瞬间里复生，

把我的过去都投在湖中，

把湖水当做了 Lethe[1] 的深渊。

我将捧着个最崇高的东西，

（是我灵魂日夜祈求的，）

在你永久的面前。

1929 年

---

1 希腊神话中的忘河，据说人饮其水，即可忘记过去。

南方的夜 [1]

我们静静地坐在湖滨，
听燕子给我们讲南方的静夜。
南方的静夜已经被它们带来，
夜的芦苇蒸发着浓郁的情热。——
　　我已经感到了南方的夜间的陶醉，
　　请你也嗅一嗅吧这芦苇中的浓味。

你说大熊星总像是寒带的白熊，
望去使你的全身都感到凄冷。
这时的燕子轻轻地掠过水面，
零乱了满湖的星影。——
　　请你看一看吧这湖中的星象，
　　南方的星夜便是这样的景象。

你说，你疑心那边的白果松
总仿佛树上的积雪还没有消融。
这时燕子飞上了一棵棕榈，

1　原载 1929 年 7 月 13 日《华北日报·副刊》第 112 号，为组诗《湖滨》第一首。初收《北游及其他》，题目加上引号，为《"南方的夜"》。编入《冯至诗选》时，又将引号删去；后编入《冯至选集》。此据《冯至选集》编入。

唱出来一种热烈的歌声。——

　　请你听一听吧燕子的歌唱，

　　南方的林中便是这样的景象。

总觉得我们不像是热带的人，

我们的胸中总是秋冬般的平寂。

燕子说，南方有一种珍奇的花朵，

经过二十年的寂寞才开一次。——

　　这时我胸中觉得有一朵花儿隐藏，

　　它要在这静夜里火一样地开放！

　　　　　　　　　　　　　1929 年

Ⅲ 十四行集

十四行二十七首 [1]

1 我们准备着 [2]

我们准备着深深地领受
那些意想不到的奇迹，
在漫长的岁月里忽然有
彗星的出现，狂风乍起。

我们的生命在这一瞬间，
仿佛在第一次的拥抱里
过去的悲欢忽然在眼前
凝结成屹然不动的形体。

我们赞颂那些小昆虫，

1　初收《十四行集》，桂林明日社 1942 年 5 月初版，后附杂诗六首；上海文化生活出版社 1949 年 1 月重版，后附杂诗四首，增序（"序"见本书附录）一篇。二十七首十四行诗一部分曾发表于《文艺月刊》《文艺时代》，后来全部编入《冯至诗选》《冯至选集》。此据《冯至选集》编入。——本诗集编者
2　初收《十四行集》，原诗只有序号无标题；后重刊于 1946 年 8 月 15 日《文艺时代》第 1 卷第 3 期，总题为《十四行十一首》。编入《冯至诗选》时加上此标题，后曾编入《冯至选集》。此据《冯至选集》编入。

它们经过了一次交媾
或是抵御了一次危险，
便结束它们美妙的一生。
我们整个的生命在承受
狂风乍起，彗星的出现。

2 什么能从我们身上脱落[1]

什么能从我们身上脱落，
我们都让它化做尘埃：
我们安排我们在这时代
像秋日的树木，一棵棵

把树叶和些过迟的花朵
都交给秋风，好舒开树身
伸入严冬；我们安排我们
在自然里，像蜕化的蝉蛾

把残壳都丢在泥里土里；
我们把我们安排给那个
未来的死亡，像一段歌曲，

歌声从音乐的身上脱落，
归终剩下了音乐的身躯
化做一脉的青山默默。

---

1 初收《十四行集》，原诗只有序号无标题，后重刊于 1946
年 8 月 15 日《文艺时代》第 1 卷第 3 期，总题为《十四行十一首》。
编入《冯至诗选》时加上此标题，后曾编入《冯至选集》。此
据《冯至选集》编入。

3 有加利树 [1]

你秋风里萧萧的玉树——
是一片音乐在我耳旁
筑起一座严肃的庙堂，
让我小心翼翼地走入；

又是插入晴空的高塔
在我的面前高高耸起，
有如一个圣者的身体，
升华了全城市的喧哗。

你无时不脱你的躯壳，
凋零里只看着你生长；
在阡陌纵横的田野上

我把你看成我的引导：
祝你永生，我愿一步步
化身为你根下的泥土。

---

1 初收《十四行集》，原诗只有序号无标题；后重刊于 1946
年 8 月 15 日《文艺时代》第 1 卷第 3 期,总题为《十四行十一首》。
编入《冯至诗选》时加上此标题，后曾编入《冯至选集》。此
据《冯至选集》编入。

4 鼠曲草 [1]

我常常想到人的一生，
便不由得要向你祈祷。
你一丛白茸茸的小草
不曾辜负了一个名称；

但你躲避着一切名称，
过一个渺小的生活，
不辜负高贵和洁白，
默默地成就你的死生。

一切的形容、一切喧嚣
到你身边，有的就凋落，
有的化成了你的静默。

这是你伟大的骄傲
却在你的否定里完成。
我向你祈祷，为了人生。

1　初收《十四行集》，原诗只有序号无标题；后重刊于 1946
年 8 月 15 日《文艺时代》第 1 卷第 3 期，总题为《十四行十一首》。
编入《冯至诗选》时加上此标题，后曾编入《冯至选集》。此
据《冯至选集》编入，作者有题注："鼠曲草在欧洲几种不同
的语言里都称为 Edelweiss，源于德语，可译为贵白草。"

5 威尼斯 [1]

我永远不会忘记
西方的那座水城，
它是个人世的象征，
千百个寂寞的集体。

一个寂寞是一座岛，
一座座都结成朋友。
当你向我拉一拉手，
便像一座水上的桥；

当你向我笑一笑，
便像是对面岛上
忽然开了一扇楼窗。

只担心夜深静悄，
楼上的窗儿关闭，
桥上也断了人迹。

---

1 初收《十四行集》，原诗只有序号无标题；后重刊于 1946 年 8 月 15 日《文艺时代》第 1 卷第 3 期，总题为《十四行十一首》。编入《冯至诗选》时加上此标题，后曾编入《冯至选集》。此据《冯至选集》编入。

6 原野的哭声 [1]

我时常看见在原野里
一个村童，或一个农妇
向着无语的晴空啼哭，
是为了一个惩罚，可是

为了一个玩具的毁弃？
是为了丈夫的死亡，
可是为了儿子的病创？
啼哭得那样没有停息，

像整个的生命都嵌在
一个框子里，在框子外
没有人生，也没有世界。

我觉得他们好像从古来
就一任眼泪不住地流
为了一个绝望的宇宙。

1　初收《十四行集》，原诗只有序号无标题；后重刊于1946
年8月15日《文艺时代》第1卷第3期，总题为《十四行十一首》。
编入《冯至诗选》时加上此标题，后曾编入《冯至选集》。此
据《冯至选集》编入。

7 我们来到郊外 [1]

和暖的阳光内
我们来到郊外,
像不同的河水
融成一片大海。

有同样的警醒
在我们的心头,
是同样的运命
在我们的肩头。

要爱惜这个警醒,
要爱惜这个运命,
不要到危险过去,

那些分歧的街衢
又把我们吸回,
海水分成河水。

---

1 原载 1941 年 6 月 16 日《文艺月刊》战时特刊第 11 年 6 月
号,题为《郊外》,为组诗《十四行诗》第 2 首。初收《十四
行集》,做些改动并删去诗题,只标序号,后重刊于 1946 年 8
月 15 日《文艺时代》第 1 卷第 3 期,总题为《十四行十一首》。
编入《冯至诗选》时又做些改动,并加上此标题,后曾编入《冯
至选集》。此据《冯至选集》编入,作者有题注:"敌机空袭
警报时,昆明的市民都躲到郊外。"

8 一个旧日的梦想 [1]

是一个旧日的梦想，
眼前的人世太纷杂，
想依附着鹏鸟飞翔
去和宁静的星辰谈话。

千年的梦像个老人
期待着最好的儿孙——
如今有人飞向星辰，
却忘不了人世的纷纭。

他们常常为了学习
怎样运行，怎样降落，
好把星秩序排在人间，

便光一般投身空际。
如今那旧梦却化做
远水荒山的陨石一片。

1　原载 1941 年 6 月 16 日《文艺月刊》战时特刊第 11 年 6 月号，
题为《旧梦》，为组诗《十四行诗》第 1 首。初收《十四行集》，
删去诗题，只标序号，后重刊于 1946 年 8 月 15 日《文艺时代》
第 1 卷第 3 期，总题为《十四行十一首》。编入《冯至诗选》
时加上此标题，后曾编入《冯至选集》。此据《冯至选集》编入。

9 给一个战士 [1]

你长年在生死的边缘生长，
一旦你回到这堕落的城中，
听着这市上的愚蠢的歌唱，
你会像是一个古代的英雄

在千百年后他忽然回来，
从些变质的堕落的子孙
寻不出一些盛年的姿态，
他会出乎意料，感到眩昏。

你在战场上，像不朽的英雄
在另一个世界永向苍穹，
归终成为一只断线的纸鸢：

但是这个命运你不要埋怨，
你超越了他们，他们已不能
维系住你的向上，你的旷远。

1　初收《十四行集》，原诗只有序号无标题；后重刊于 1946
年 8 月 15 日《文艺时代》第 1 卷第 3 期，总题为《十四行十一首》。
编入《冯至诗选》时加上此标题，后曾编入《冯至选集》。此
据《冯至选集》编入。

10　蔡元培[1]

你的姓名常常排列在
许多的名姓里边，并没有
什么两样，但是你却永久
暗自保持住自己的光彩；

我们只在黎明和黄昏
认识了你是长庚，是启明，
到夜半你和一般的星星
也没有区分：多少青年人

从你宁静的启示里得到
正当的死生。如今你死了，
我们深深感到，你已不能

1　初收《十四行集》，原诗只有序号无标题，后重刊于 1946
年 8 月 15 日《文艺时代》第 1 卷第 3 期，总题为《十四行十一首》。
《十四行集》1949 年 1 月版此诗略做改动，编入《冯至诗选》
时加上此标题，后曾编入《冯至选集》。此据《冯至选集》编入，
作者有题注："写于 1941 年 3 月 5 日，这天是蔡元培逝世一周
年纪念日。"另：作者在《十四行集》1949 年 1 月版附注："写
于 3 月 5 日，这天是蔡元培先生逝世周年纪念日。末四行用里
尔克（Rilke）在欧战期内于 1917 年 1 月 19 日与某夫人论罗丹
（Rodin）及凡尔哈仑（Verhaeren）逝世信中语意。信里这样说：
'如果这可怕的烟雾（战争）消散了，他们再也不在人间，并
且不能帮助那些将要整顿和扶植这个世界的人们。'"

参加人类的将来的工作——

如果这个世界能够复活，

歪扭的事能够重新调整。

11 鲁迅 [1]

在许多年前的一个黄昏
你为几个青年感到一觉 [2]；
你不知经验过多少幻灭，
但是那一觉却永不消沉。

我永远怀着感谢的深情
望着你，为了我们的时代：
它被些愚蠢的人们毁坏，
可是它的维护人却一生

被摒弃在这个世界以外——
你有几回望出一线光明，
转过头来又有乌云遮盖。

你走完了你艰苦的行程，
艰苦中只有路旁的小草
曾经引出你希望的微笑。

1　初收《十四行集》，原诗只有序号无标题；后重刊于 1946
年 8 月 15 日《文艺时代》第 1 卷第 3 期，总题为《十四行十一首》。
编入《冯至诗选》时加上此标题，后曾编入《冯至选集》。此
据《冯至选集》编入。
2　鲁迅《野草》中最后一篇是《一觉》。——作者注

12　杜甫 [1]

你在荒村里忍受饥肠，
你常常想到死填沟壑，
你却不断地唱着哀歌
为了人间壮美的沦亡：

战场上健儿的死伤，
天边有明星的陨落，
万匹马随着浮云消没……
你一生是他们的祭享。

你的贫穷在闪铄发光
像一件圣者的烂衣裳，
就是一丝一缕在人间

也有无穷的神的力量。
一切冠盖在它的光前
只照出来可怜的形象。

1　原载 1941 年 6 月 16 日《文艺月刊》战时特刊第 11 年 6 月号，
题为《杜甫》，为组诗《十四行诗》第三首。初收《十四行集》，
删去诗题，只标序号，编入《冯至诗选》时又加上此标题；后
曾编入《冯至选集》。此据《冯至选集》编入。

13 歌德[1]

你生长在平凡的市民的家庭，
你为过许多平凡的事物感叹，
你却写出许多不平凡的诗篇；
你八十岁的岁月是那样平静，

好像宇宙在那儿寂寞地运行，
但是不曾有一分一秒的停息，
随时随处都演化出新的生机，
不管风风雨雨，或是日朗天晴。

从沉重的病中换来新的健康，
从绝望的爱里换来新的营养，
你知道飞蛾为什么投向火焰，

蛇为什么脱去旧皮才能生长；
万物都在享用你的那句名言，
它道破一切生的意义："死和变。"

---

1 原载1941年6月16日《文艺月刊》战时特刊第11年6月号，
题为《歌德》，为组诗《十四行诗》第四首。初收《十四行集》，
删去诗题，只标序号，编入《冯至诗选》时略做改动，并又加
上此标题；后曾编入《冯至选集》。此据《冯至选集》编入。

14 画家梵诃[1]

你的热情到处燃起火，
你燃着了向日的黄花，
燃着了浓郁的扁柏，
燃着了行人在烈日下——

他们都是那样热烘烘
向着高处呼吁的火焰；
但是背阴处几点花红，
监狱里的一个小院，

几个贫穷的人低着头
在贫穷的房里剥土豆，
却像是永不消溶的冰块。

这中间你画了吊桥，
画了轻盈的船：你可要
把些不幸者迎接过来？

---

1 初收《十四行集》，原诗只有序号无标题。编入《冯至诗选》
时做了较大改动，并加上此标题。后曾编入《冯至选集》。此
据《冯至选集》编入。梵诃（1853—1890），荷兰画家，后期
印象派代表，今译凡·高。

15 看这一队队的驮马 [1]

看这一队队的驮马
驮来了远方的货物，
水也会冲来一些泥沙
从些不知名的远处，

风从千万里外也会
掠来些他乡的叹息：
我们走过无数的山水，
随时占有，随时又放弃，

仿佛鸟飞翔在空中，
它随时都管领太空，
随时都感到一无所有。

什么是我们的实在？
我们从远方把什么带来？
从面前又把什么带走？

---

1 初收《十四行集》，原诗只有序号无标题。编入《冯至诗选》
时略做改动，并加上此标题，后又略做改动，编入《冯至选集》。
此据《冯至选集》编入。

16 我们站立在高高的山巅 [1]

我们站立在高高的山巅
化身为一望无边的远景，
化成面前的广漠的平原，
化成平原上交错的蹊径。

哪条路、哪道水，没有关联，
哪阵风、哪片云，没有呼应：
我们走过的城市、山川，
都化成了我们的生命。

我们的生长、我们的忧愁
是某某山坡的一棵松树，
是某某城上的一片浓雾；

我们随着风吹，随着水流，
化成平原上交错的蹊径，
化成蹊径上行人的生命。

1　初收《十四行集》，原诗只有序号无标题。编入《冯至诗选》
时加上此标题，后曾编入《冯至选集》。此据《冯至选集》编入。

17 原野的小路 [1]

你说，你最爱看这原野里
一条条充满生命的小路，
是多少无名行人的步履
踏出来这些活泼的道路。

在我们心灵的原野里
也有几条婉转的小路，
但曾经在路上走过的
行人多半已不知去处：

寂寞的儿童、白发的夫妇，
还有些年纪轻轻的男女，
还有死去的朋友，他们都

给我们踏出来这些道路；
我们纪念着他们的步履
不要荒芜了这几条小路。

1　初收《十四行集》，原诗只有序号无标题；编入《冯至诗选》
时加上此标题，后曾编入《冯至选集》。此据《冯至选集》编入。

18 我们有时度过一个亲密的夜 [1]

我们有时度过一个亲密的夜
在一间生疏的房里，它白昼时
是什么模样，我们都无从认识，
更不必说它的过去未来。原野——

一望无边地在我们窗外展开，
我们只依稀地记得在黄昏时
来的道路，便算是对它的认识，
明天走后，我们也不再回来。

闭上眼吧！让那些亲密的夜
和生疏的地方织在我们心里：
我们的生命像那窗外的原野，

我们在朦胧的原野上认出来
一棵树、一闪湖光、它一望无际
藏着忘却的过去、隐约的将来。

1　初收《十四行集》，原诗只有序号无标题；编入《冯至诗选》
时加上此标题，后曾编入《冯至选集》。此据《冯至选集》编入。

19 别离 [1]

我们招一招手，随着别离
我们的世界便分成两个，
身边感到冷，眼前忽然辽阔，
像刚刚降生的两个婴儿。

啊，一次别离，一次降生，
我们担负着工作的辛苦，
把冷的变成暖，生的变成熟，
各自把个人的世界耘耕，

为了再见，好像初次相逢，
怀着感谢的情怀想过去，
像初晤面时忽然感到前生。

一生里有几回春几回冬，
我们只感受时序的轮替，
感受不到人间规定的年龄。

---

1 原载 1941 年 6 月 16 日《文艺月刊》战时特刊第 11 年 6 月号，
题为《别》，为组诗《十四行诗》第六首。初收《十四行集》，
略做改动，并删去诗题，只标序号。编入《冯至诗选》时又加
上此标题，后曾编入《冯至选集》。此据《冯至选集》编入。

20 有多少面容，有多少语声 [1]

有多少面容，有多少语声
在我们梦里是这般真切，
不管是亲密的还是陌生：
是我自己的生命的分裂，

可是融合了许多的生命，
在融合后开了花，结了果？
谁能把自己的生命把定
对着这茫茫如水的夜色，

谁能让他的语声和面容
只在些亲密的梦里萦回？
我们不知已经有多少回

被映在一个辽远的天空，
给船夫或沙漠里的行人
添了些新鲜的梦的养分。

---

1 原载 1941 年 6 月 16 日《文艺月刊》战时特别第 11 年 6 月号，
题为《梦》，为组诗《十四行诗》第五首。初收《十四行集》，
做了一些改动，并删去诗题，只标序号。编入《冯至诗选》时
又加上此标题，后曾编入《冯至选集》。此据《冯至选集》编入。

21 我们听着狂风里的暴雨 [1]

我们听着狂风里的暴雨,

我们在灯光下这样孤单,

我们在这小小的茅屋里

就是和我们用具的中间

也有了千里万里的距离:

铜炉在向往深山的矿苗,

瓷壶在向往江边的陶泥,

它们都像风雨中的飞鸟

各自东西。我们紧紧抱住,

好像自身也都不能自主。

狂风把一切都吹入高空,

暴雨把一切又淋入泥土,

只剩下这点微弱的灯红

在证实我们生命的暂住。

1　初收《十四行集》,原诗只有序号无标题;编入《冯至诗选》
时加上此标题,后曾编入《冯至选集》。此据《冯至选集》编入。

129

22 深夜又是深山 [1]

深夜又是深山，
听着夜雨沉沉。
十里外的山村、
念里外的市廛，

它们可还存在？
十年前的山川、
念年前的梦幻，
都在雨里沉埋。

四围这样狭窄，
好像回到母胎；
我在深夜祈求

用迫切的声音：
　"给我狭窄的心
　一个大的宇宙！"

1　初收《十四行集》，原诗只有序号无标题。编入《冯至诗选》
时略做改动，并加此标题，后曾编入《冯至选集》。此据《冯
至选集》编入。

23 几只初生的小狗 [1]

接连落了半月的雨，
你们自从降生以来，
就只知道潮湿阴郁。
一天雨云忽然散开，

太阳光照满了墙壁，
我看见你们的母亲
把你们衔到阳光里，
让你们用你们全身

第一次领受光和暖，
日落了，又衔你们回去。
你们不会有记忆，

但是这一次的经验
会融入将来的吠声，
你们在深夜吠出光明。

1　初收《十四行集》，原诗只有序号无标题。编入《冯至诗选》时略做改动，并加上此标题，后曾编入《冯至选集》。此据《冯至选集》编入。

24 这里几千年前 [1]

这里几千年前
处处好像已经
有我们的生命；
我们未降生前

一个歌声已经
从变幻的天空，
从绿草和青松
唱我们的运命。

我们忧患重重，
这里怎么竟会
听到这样歌声？

看那小的飞虫，
在它的飞翔内
时时都是新生。

---

1 初收《十四行集》，原诗只有序号无标题。编入《冯至诗选》
时加上此标题，后曾编入《冯至选集》。此据《冯至选集》编入。

25 案头摆设着用具 [1]

案头摆设着用具，
架上陈列着书籍，
终日在些静物里
我们不住地思虑。

言语里没有歌声，
举动里没有舞蹈，
空空问窗外飞鸟
为什么振翼凌空。

只有睡着的身体，
夜静时起了韵律：
空气在身内游戏，

海盐在血里游戏——
睡梦里好像听得到
天和海向我们呼叫。

1　初收《十四行集》，原诗只有序号无标题。编入《冯至诗选》
时加上此标题，后曾编入《冯至选集》。此据《冯至选集》编入。

26 我们天天走着一条小路 [1]

我们天天走着一条熟路
回到我们居住的地方；
但是在这林里面还隐藏
许多小路，又深邃、又生疏。

走一条生的，便有些心慌，
怕越走越远，走入迷途，
但不知不觉从树疏处
忽然望见我们住的地方，

像座新的岛屿呈在天边。
我们的身边有多少事物
向我们要求新的发现：

不要觉得一切都已熟悉，
到死时抚摸自己的发肤
生了疑问：这是谁的身体？

---

1 初收《十四行集》，原诗只有序号无标题。编入《冯至诗选》
时略作改动，并加上此标题，后曾编入《冯至选集》。此据《冯
至选集》编入。

134

27 从一片泛滥无形的水里 [1]

从一片泛滥无形的水里，
取水人取来椭圆的一瓶，
这点水就得到一个定形；
看，在秋风里飘扬的风旗，

它把住些把不住的事体，
让远方的光、远方的黑夜
和些远方的草木的荣谢，
还有个奔向远方的心意，

都保留一些在这面旗上。
我们空空听过一夜风声，
空看了一天的草黄叶红，

向何处安排我们的思、想？
但愿这些诗像一面风旗
把住一些把不住的事体。

1　初收《十四行集》，原诗只有序号无标题；编入《冯至诗选》
时加上此标题，后曾编入《冯至选集》。此据《冯至选集》编入。

等待 [1]

在我们未生之前，
天上的星、海里的水，
都抱着千年万里的心
在那儿等待你。

如今一个丰饶的世界
在我的面前，
天上的星、海里的水，
把它们等待你的心
整整地给了我。

1930 年

---

1 原载 1930 年 7 月 7 日《骆驼草》第 9 期，署名至；总题《诗》，此为第二首。初收《十四行集》，后曾编入《冯至诗选》《冯至选集》。此据《冯至选集》编入。

歌 [1]

看许多男人的睡像
都像是将爆未爆的火山，
为什么都这般坚忍
不把火焰喷向人间？

哪座山不会爆裂，
若不是山影浸入湖面？
若没有水一般女人的睡眠，
山早已含不住了它的火焰。

1934 年

1　原载 1934 年 1 月 15 日《沉钟》半月刊第 31 期，题为《情歌》。初收《十四行集》初版本，改题为《歌》。1949 年 1 月版删去，后曾编入《冯至选集》。此据《冯至选集》编入。

给秋心（四首）[1]

一

我如今知道，死和老年人
并没有什么密切的关连；
在冬天，我们不必区分
昼夜，昼夜都是一般疏淡。
反而是那些黑发朱唇
时时潜伏着死的预感；
你像是一个灿烂的春
沉在夜里，宁静而阴暗。

1　原题《给几个死去的朋友》，发表于 1937 年 7 月 1 日《文学杂志》第 1 卷第 3 期（以下简称《文学杂志》本），收入《十四行集》初版时改题为《给秋心（四首）》，《十四行集》第二版删去；作者后来曾将第一和第三首改题为《给亡友梁遇春二首》，编入《冯至诗选》《冯至选集》《冯至全集》。此据《十四行集》初版编入。梁遇春（1904—1932），现代作家，笔名秋心。——本诗集编者

二

我们当初从远方聚集
到一座城里，好像只有
一个祖母，同一祖父的
血液在我们身内周流。
如今无论在任何一地
我们的聚集都不会再有，
我只觉得在我的血里，
还流着我们共同的血球。

三

我曾经草草认识许多人，
我时时想一一地寻找：
有的是偶然在一座树林
同路走过僻静的小道，
有的同车谈过一次心，
有的同席间问过名号……
你可是也参入了他们
生疏的队中，让我寻找？

四

我见过一个生疏的死者，
我从他的面上领悟了死亡：
像在他乡的村庄风雨初过，
我来到时只剩下一片月光——
月光颤动着在那儿叙说
过去风雨里一切的景像。
你的死竟是这般静默
静默得像我远方的故乡。

1937 年

歧路 [1]

它们一条条地在面前
伸出去，同时在准备着
承受我们的脚步；
但我们不是流水，
只能先是犹疑着，
随后又是勇敢地
走上了一条，把些
其余的都丢在身后——
看那高高的树木，
曾经有多少嫩绿的
枝条，被风雨，被斤斧
折断了，如今都早已
不知去处。
　　　　　朋友们，
我们越是向前走，
我们便有更多的
不得不割舍的道路。
当我们感到不可能，

1　初收《十四行集》1949年1月版，后曾编入《冯至诗选》《冯至选集》。此据《冯至选集》编入。

把那些折断的枝条
聚起来，堆聚成一座
望得见的坟墓，
                         我们
全生命无处不感到
永久的割裂的痛苦。

                                                   1943 年

我们的时代 [1]

将来许多城都变了形体，
许多河流也改了河道，
人人为了自己的事物匆忙，
早已忘记了我们：万一
想到我们，便异口同音地
说一声："那个艰苦的时代。"
这无异遮盖起我们种种的
愁苦和忧患，只给我们
披上一件圣洁的衣裳。
我们从将来的人们的口里
领来了这件衣裳，也正如
古人从我们口里领去了——
我们现在不是还常常
提起吗，从前有过一个
洪水的时代。
　　　　　一个海边的
热闹的市镇，在前几天

1　原载 1944 年 1 月 1 日《中央日报》元旦增刊文学专页，题
为《时代的诗》。初收《十四行集》1949 年 1 月版，改题为《我
们的时代》；后曾编入《冯至诗选》《冯至选集》。此据《冯
至选集》编入。

还挤满了人，市集散后
满街上还撒遍了鱼鳞。
但现在忽然这样寂静了，
街上遇不见一个行人，
家家的房屋都空空锁起，
好像是刚刚发掘出来的
一座古城。"是一个结束，
是一个开始，"正这样想时，
对面出现了一队兵士，
他们把这个市镇接过来，
像一个盛得满满的水盆，
像一块散开便收不起来的
水银，他们无时不在准备
抵御敌人的最初的来袭。
一样的面容，一样的姿态，
化成一个身体。如今六年了，
那市镇化成无数的市镇，
无论我想到地球上哪一块
地方，便感到那市镇的寂静，
同时在我面前也走来了
那一队兵士。
　　　　　一座偏僻的
小城，承受了从未有过的
繁荣，从大都市里来的

人们给它带来了鼓舞，
也带来了惊慌和恐怖。
在一个熙熙攘攘的清晨，
欢欣正浮在人人的面上，
忽然在天空响起沉重的
机声，等到人们感到时，
四五个死者已经横卧
在街心，他们一样的面容，
一样的姿态，化成一个身体。
惊慌和恐怖从一切隐秘的
角落里涌出，立即湮没了
这座城市，繁荣也随着
商店里陈列的物品收敛。
六年了，这小城化作无数的
小城，只要我想到地球上
任何一个城市，我就仿佛
看见在它的街头横卧着
那几个死者。

　　　　　如今六年了，
我们经验了重重的忧患、
无限的愁苦，还有一些人
表露出从来不曾有过的
丑恶的面目，让我们的心
这样狭窄；但我们一想到

那一队兵士，那几个死者，
他们便圣水似地冲洗着
我们的心，让我们感到
无边的旷远。

              在这一次的
洪水里我们宁肯沉沦，
却不愿意羡慕有些个
坐在方舟里的人，我们
不愿让什么阻住了我们的
视线，不要让什么营养着
我们的抱怨。有多少生命、
多少前代的遗产，它们都
像树叶一般，秋风来了
便凋落，并没有一声叹息。
我们珍惜这圣洁的衣裳，
将来有一天，把它脱下来
折好，像一个兵士那样，
正直地经过许多战阵，
最后把他的军衣脱下，
这时内心里感到了饥饿——
向着眼前的休息，向着
过去的艰苦，向着远远的
崇高的山峰。

              我们到那时

将要拥抱着我们的朋友说：

"我们曾经共同分担了

一个共同的人类的命运。"

我们也将要共同欢迎着

千百万战士健壮的归来，

共同埋葬几千万死者，

我们却不愿意听见几个

坐在方舟里的人们在说：

"我们延续了人类的文明。"

1943 年

招魂 [1]

——呈于"一二·一"死难者的灵前

"死者，你们什么时候回来？"

我们从来没有离开这里。

"死者，你们怎么走不出来？"

我们在这里，你们不要悲哀，

我们在这里，你们抬起头来——

哪一个爱正义者的心上没有我们？

哪一个爱自由者的脑里忘却我们？

哪一个爱光明者的眼前看不见我们？

你们不要呼唤我们回来，

我们从来没有离开你们，

咱们合在一起呼唤吧——

"正义，快快地到来！

自由，快快地到来！

1　初收《十四行集》1949 年 1 月版，后曾编入《冯至诗文选集》《冯至诗选》《冯至选集》。此据《冯至选集》编入。

149

光明，快快地到来！"

1945 年

Ⅳ 西郊集

我们的西郊 [1]

我们的西郊天天在改变，
随时都变出来新的形象。
不久以前，遍地都是荒坟，
今天是高楼，楼上灯光明亮。

西郊的妇女多少年来
穿惯了全身补绽的衣裳，
不知什么时候忽然开始
新衣上有这么多新鲜花样。

旧日的西郊公园冷冷清清，
禽兽也在饥饿里死亡，
而今公园里沸腾着欢声，
都来看越南的、印度的大象。

公路一天比一天显出狭窄，
再也容不下来往的车辆，
它向旁边的空地请求分担，

1　原载 1953 年 8 月《人民文学》7—8 月号。初收《西郊集》，后曾编入《十年诗抄》《冯至诗选》《冯至选集》。此据《冯至选集》编入。

153

旁边就有一条新的公路生长。

从前有过一个天真的诗人¹,
要从一朵野花里看见天堂;
一朵野花的确很美好,
但是他的天堂未免太渺茫。

我们却从这天天生长的西郊,
看见了祖国从首都到边疆
在千千万万劳动者的手里
转变成幸福的地上的天堂。

1953 年 6 月 28 日 北京西郊

1　天真的诗人:指英国诗人威廉·布莱克(William Blake)。——作者注

154

登大雁塔 [1]

这座唐代的古塔
经过无数次的登临；
唐代诗人的名句
如今还摇撼着人心。

"万古蒙蒙" [2] 的景色，
"秦山破碎" [3] 的悲哀，
千年来萦绕着这座塔，
支配着登临者的胸怀。

但当我和古人一样
登上了塔的最高层——
四围的景色是多么明丽，
地上的塔影是多么鲜明！

绿野里有红楼出现，
红楼旁有绿树生长；

1　初收《西郊集》，后曾编入《十年诗抄》《冯至诗选》《冯至选集》。此据《冯至选集》编入。
2　"万古青蒙蒙"是岑参登慈恩寺塔的诗句。——作者注
3　"秦山忽破碎"是杜甫登慈恩寺塔的诗句。——作者注

近处是田园、学校，
远处是市区、工厂。

人们指着曲江旧址，
它已经干枯了一千年，
不久会引来清清的流水，
让它恢复旧日的容颜。

北方的渭水要变成清流，
南方的秦岭向我们低头；
宝成路冲破万古的艰险，
从此消灭了蜀道的艰难。

我们的山河是这样完整，
乐游原上不会再有人
对着无限好的夕阳
惋惜它接近了黄昏[1]。

夕阳和朝阳循环不断，
西安一天比一天新鲜；
人民的西安规模宏大，
远胜过唐帝国的长安。

1　接近了黄昏：指李商隐《登乐游原》的诗句："夕阳无限好，
只是近黄昏。"——作者注

唐人留下了不朽的诗句

给雄壮而又苍凉的长安；

我们要给人民的西安市

写出社会主义的新诗篇。

1956 年 7 月

西安赠徐迟 [1]

你来自西南，我来自西北，
明天我们又要各自西东；
飞机场上皎洁的明月
照耀着我们偶然的相逢。

你说，西南有多少美妙的歌舞，
凉山在转变，忽然跨过两千年；
我说，西北的宝藏多么丰富，
矿石在山里，故事在人民的口边。

金沙江的水，大戈壁的砂，
都在我们的心里开了花。
这里我们也没有他乡的感觉，
我们到哪里，哪里是我们的家。

我们为了偶然的相逢欢喜，

1　原载 1957 年 1 月《诗刊》创刊号，为组诗《西北诗抄》第
四首。初收《西郊集》，后曾编入《十年诗抄》《冯至诗选》
《冯至选集》。此据《冯至选集》编入。徐迟（1914—1996），
现代作家。

却不惋惜明天的各自东西；

只觉得我们处处遇到的

是新的诗句，是美的传奇。

1956 年 8 月 17 日 西安飞机场

韩波砍柴 [1]

——记母子夜话

农历正月十九，
雨下了几天几夜，
后半夜忽然停止，
露出来下弦明月。

满屋里都是月光，
老婆婆从梦里惊醒，
她叫醒她的儿子，
她说："外面有个人影。"

儿子说："深更半夜，
哪里会有什么人？"
"你们年轻人不知道，
这是韩波的灵魂。"

"韩波是一个樵夫，
终日在山里砍柴，
他欠下了地主的

1　原载 1953 年 9 月《人民文学》9 月号，初收《西郊集》，
后曾编入《十年诗抄》《冯至诗选》《冯至选集》。此据《冯
至选集》编入。

还不清的高利债。

"他砍柴砍了一生，
给地主生火煮饭；
他砍柴砍了一生，
给地主升火取暖。

"他自己却永远
吃不饱也穿不暖；
不管天气多么坏，
砍柴没有一天中断。

"那时和现在一样，
雨下了几天几夜，
到了正月十九，
雨又变成大雪。

"他在风雪里冻死，
许多天没有人管，
后来身上的破衣裳
也在风雪里腐烂。

"但他死后的灵魂
还得要出来砍柴，

因为他一丝不挂，
只能夜里出来。

"年年在他的死日，
后半夜总有月光，
给他照着深山，
像在白天一样。

"我们这里的春雨
一下就是一个月，
只有在这时候，
雨为他停止半夜。"

她说这段故事，
说得人全身发冷，
外面的月光中
真像有一个人影。

她的儿子说："妈妈，
韩波死得真可怜，
但这是旧日的故事，
不是在我们今天。

"过去我们农民，

人人都是韩波，
可是我们现在
韩波没有一个。

"过去无数的韩波
都在饥寒里死亡，
我们同情他们
只用半夜的月光。

"现在的月光里
也许有韩波的灵魂，
他出来不是砍柴，
却是要报仇雪恨。

"明天我们斗地主，
他也要向地主清算，
他再也不会害羞，
他要在白天出现。"

1952 年 2 月 15 日 江西进贤

1953 年 8 月 修改

163

杜甫 [1]

鄜县茶馆里遇见一个老汉，
他说，城南五里有座将军台；
一天，杜甫的学生来找杜甫，
却没有找到杜甫的住宅，
他到了将军台就转了回去——
其实杜甫的家在台西六十里。

延安杜甫川旁遇见一个农夫，
他说，杜甫就沿着这条小河走去，
他走入西方的万山丛中，
万山中再也找不到他的踪迹。
他把一只鞋丢在河边，
人们保存这只鞋，保存了许多年。

我无心访求杜甫的故事，
故事却自然地在人民的口边，
像一些美丽的野花野草，
千百年自然地生长在山间——

1 原载 1956 年 9 月 12 日《人民日报》，总题《西北故事杂咏》。
初收《西郊集》，后曾编入《十年诗抄》《冯至诗选》《冯至
选集》。此据《冯至选集》编入。

故事是这样半假半真，

却说明诗人是怎样深入人心。

1956 年 8 月 1 日

玉门老君庙 [1]

从前有些穷苦的人，
在山里给阔人淘金，
他们求神灵的保佑，
盖一座小庙供奉老君。

黄金淘入了肃州城，
黄金淘入了兰州府，
庙里的老君无声无息，
淘金的人越淘越苦。

老君庙蹲在荒山里，
几百年无息无声，
可是它到了今天，
忽然间全国闻名。

它怎么会全国闻名？
只因穷苦人的子孙

1　原载 1956 年 9 月 12 日《人民日报》，总题《西北故事杂咏》，初收《西郊集》，后曾编入《十年诗抄》《冯至诗选》《冯至选集》。此据《冯至选集》编入。

不淘金也不供奉老君，

却建设伟大的石油城。

1956 年 8 月 14 日

人皮鼓 [1]

从玉门到安西的道上
有个地名叫作桥湾，
那里有一排梧桐树
对着一座塌毁的宫殿。

传说古代有一个国王
梦见九个儿童向他朝拜；
他醒后找不到九个儿童，
却找到九棵梧桐并列成排。

他于是命人在这里
建筑一座庄严的宫殿，
宫殿正对着梧桐树，
显示着国王的尊严。

建筑师是父子二人，
尽最大的努力赶造宫殿；
建成了国王感到不满，

1　原载 1957 年 1 月《诗刊》创刊号，为组诗《西北诗抄》第
五首，初收《西郊集》，后曾编入《十年诗抄》《冯至诗选》《冯
至选集》。此据《冯至选集》编入。

说宫殿不能显示他的威严。

他盛怒下杀死了父子二人,
剥下他们的皮绷成鼓面,
命人把两个人皮鼓
悬挂在宫殿的廊前。

人皮鼓挂在廊檐下,
远远近近都感到不安,
每逢狂风怒吼的夜晚,
鼓里发出声音充满忧怨。

有时在秋天屠杀罪犯,
执行前要击鼓三声;
鼓声里不是罪犯和群众
却是刽子手感到心凉。

有时到了荒年饥馑,
农民们再也无法生存,
一个勇者撞起人皮鼓,
怒火便在人们心里烧焚。

人皮鼓挂在廊檐下,
并没有增加国王的威严,

它用忧怨而悲愤的声音
只诉说国王的凶残。

又凶残又懦弱的国王，
内心里充满了忧虑，
他想不到这样两个鼓
会发出这样大的威力。

一天人们忽然发现，
人皮鼓在廊前不见；
——是国王派人到这里
在夜半偷偷地把鼓摘去。

1956 年 8 月 18 日　写于北京

Ⅴ 立斜阳集

新绝句十首 [1]

也算是一首序诗

在这无眠的后半夜，
像走进一个生疏的世界，
寂静中是谁向我唱小诗？
我听着又讨厌，又亲切。

给一个儿童

我的过去，你不会明了，
你的将来，我也难以预料；
我们今天携手同行，
共迎接又一个新春来到。

1　原载 1985 年 5 月 10 日《诗刊》5 月号，每首诗题前有序号，初收《立斜阳集》，序号删去。此据《立斜阳集》编入。

赠妻 [1]

我们经历过一日三秋，
看过烂柯山上一盘棋，
时间有它的相对论，
地球的运转永无差离。

给一个患白内障的老人

我不同意说老人是个李耳王 [2]，
也不愿看痴呆的老寿星；
我欣赏浮士德失明后的一句话：
眼昏暗，心里更光明。

1　《诗刊》原题《三八节赠妻》。
2　歌德一首短诗的首句这样说："一个老人永远是个李耳
王。"——作者注

潭柘寺的千年银杏

乾隆封你为帝王树,
这对你是个侮辱,
千余年你看过了许多
霸主和昏君的末路。

咏陈子昂

你登上古老的幽州台,
你的四句诗囊括了宇宙,
置身于无穷无尽的时空,
流下的眼泪也永垂不朽。

宫廷糕点

有一种咬不动的糕点,
为倾销贴上"宫廷"的标签:
难道封建还有那么大的魔力,
把石头也变成海绵?

"大观园"

有人在兴建大观园，
按照红楼梦的蓝图。
贾宝玉正走南闯北发横财，
他说："我没有工夫去住。"

时间是金钱

如果金钱不产生罪恶，
每个今天都日日长新，
我就要歌颂我们的语言，
今天和金钱既协韵又同音。

答客问

"你的眼光有些狭窄——"
"但我心里有憎也有爱，
爱憎缺一，都对不住
与我血肉相连的时代。"

写于 1985 年 3 月 6 日至 16 日

独白与对话 [1]

我和祖国之一

祖国，我爱你，
但我说不出豪言壮语，
也写不出昂扬的文字，
只会说谚语一句：
　"儿不嫌母丑，
狗不嫌家贫。"

祖国，我的母亲，
何况你的面貌并不丑，
只不过你久经忧患的脸上
多了几条皱纹。

祖国，我的家，
何况你并不赤贫，
若是你一贫如洗，
又怎能哺育全世界
五分之一的人民？

1　以下五首选自组诗《独白与对话（十首）》，原载1987年
3月10日《诗刊》3月号，每首诗题前有序号，初收《立斜阳
集》，序号删去。此据《立斜阳集》编入。——本诗集编者

177

我和祖国之二

祖国，你有千千万万的好儿女，
也有为数不少的不肖子孙，
有人丑化你的形象，
有人让你永葆青春。

我是什么样的儿孙？
我缺乏自知之明，
我也不值得将来有人
给我作盖棺论定。

我曾喝过海外的水，
总像是一条鱼陷入沙泥；
我曾踏过异国的土地，
总像是断线的风筝
飘浮在空际。

好也罢，不肖也罢，
只有一句话——
"我离不开你。"

我和祖国之三

祖国，你有沉重的负担，

这负担是你漫长的历史，

在这历史的担子里——

有崇高也有无耻，

有智慧也有无知，

有真诚也有虚伪，

有光明磊落也有阴谋诡计。

它们像天文数字的血细胞，

循环在十亿人口的血脉里。

历史虽说是属于过去，

却不断在你的肩上加重；

血细胞用显微镜才能看清，

但它们起着巨大的作用。

祖国，为了给你减轻

十亿分之一的负担，

我的血液，

我要经常检验。

神鬼和金钱

"我们反对封建迷信，
我们反对买卖婚姻，
我们反对了六七十年，
怎么动摇不了它们的根？"

两千年的根扎得很深，
不是几十年就能挖掉，
何况在那浩劫的十年
还给它们添了些肥料。

人的尊严遭受践踏，
神鬼就出来显灵；
看不见人类还有理想，
金钱就任意横行。

金钱驱使着神鬼，
神鬼庇护着金钱，
它们说："我们从来不懂，
什么是理想，什么是尊严。"

各抒己见

"不要让意象任意驰骋，
像舞厅里五颜六色的闪光，
它们急促地闪来闪去，
把世界闪照得破碎而荒唐。"

"破碎和荒唐是客观存在，
因为这世界并不完整；
意象不是舞厅里的闪光，
它们是现实的反映。"

"它们反映的是一个方面，
另一方面还很有秩序，
人世间有它的辩证法，
自然界有必然的规律。"

1986 年 9 月、10 月

杂诗四首 [1]

我痛苦

我痛苦,有那么一条蛇
纠缠着我,卖弄风姿。
它吞噬着人间的梦想,
吐出来致命的毒汁。

毒汁浸入人的血液——
金钱抱着无耻引吭高歌:
"法律管不了自私和愚昧,
脱贫,就要大吃大喝。"

它在人们身边,赶也赶不走,
它体态轻柔,面目可怕。
波特莱尔若是来到这里,
不知要怎样写他的"恶之花"?

---

1 原载《星星》1988 年 9 月号,初收《立斜阳集》。此据《立
斜阳集》编入。

182

我不忍 [1]

竟有人要给杨玉环盖庙，
也有人刷新孔祥熙的故居；
有个图书馆任凭善本腐烂，
客厅却打扮得堂皇富丽。

某饭店休息室摆着高级坐椅，
规定只供给外宾坐着休息，
我不由得想起往日的伤心事，
租界的公园"华人与狗不准入内"。

我不忍剪贴这些新闻，
像当年鲁迅先生"立此存照"。
姑且把它们当做道听途说，
也许当事人会声明"跟事实有些差距"。

1　《星星》原题《读报有感》。

剪彩

电视屏上经常能看到
举行隆重的剪彩典礼。
我缺乏文化史的知识，
不知道剪彩始于何时何地。

当第一批驼队走上丝绸之路，
没有人来剪彩为驼队祝福；
当长城上烽火台最后一座落成，
也无人剪彩说从此金汤永固。

看来这不是中华的传统，
它在二十世纪来自西方；
奇怪的是这样庄严的场面
很少出现在西方的荧光屏上。

千千万万的公司、中心、展览会，
都要用剪彩的仪式开幕；
剪彩人是各层的领导，
彩带是长长的红色的绸布。

老百姓过惯了精打细算的穷生活，
常把一天零碎的开销加在一起——

一天内领导们剪彩的时间共用多少年？
消耗的彩带共有多少公里？

剪彩若是扎下了根又舍不得拔掉，
我想改变一个办法也许更好——
代替红绸用一根红绳，
随便找一个儿童代替领导。

反正剪彩不过是一个象征，
儿童和红绳更有象征意义：
前者象征一天比一天成长，
后者象征一切从节约做起。

我敬重

有人用僵死的规条束缚人，
有人用离奇的花样迷惑人，
有人用费解的语言吓唬人——
他们的路数各不相同，
却有一个共同点，装腔作势。

我敬重不束缚人、不迷惑人、
不吓唬人的人，
更敬重束缚不住、迷惑不了、
吓唬不倒的人——
他们走的路各不相同，
却也有一个共同点，实事求是。

写于 1988 年 6 月 6 日至 16 日

VI 文坛边缘随笔

我同情忧天的杞人 [1]

古代的圣人一再地说"仁者不忧"，
现代的聪明人常说"天不会塌陷"。
五霸七雄脚底下踩来踩去的杞国，
偏偏有个人担心天崩地坠，甚至废寝忘餐。
人们说他愚蠢，说他疯狂，
形成一句嘲笑的成语"杞人忧天"。

我为那忧天的杞人鸣不平，
我想起杞人的远祖大禹，
那时洪水泛滥，禹疏河决江，
鱼在江河里游，人在陆地定居；
按照山川的走向划分九州，
堂堂皇皇的大陆从此称为"禹域"。

可是他的后裔蜷居在贫瘠的杞国，
国土狭窄，坐井不能观天，
说不定哪天被大国消灭，
丧失了立足点，哪里还能远望地平线？

1　原载 1989 年 5 月 10 日《诗刊》5 月号，初收《文坛边缘随笔》。
此据《文坛边缘随笔》编入。

杞人忧天有他的根据和理由，
何况那时还有传说"天倾西北，地陷东南"。

从屈原到杜甫，从杜甫到鲁迅，
谁的头脑里没有忧的成分？
他们受到崇高的尊敬，
因为他们写下了不朽的诗文。
杞人只知道忧虑，不会发言，
在众人的眼中是又疯又蠢。

我不属于被尊敬的行列，
头脑里却有些解不开的问题，
我愿意与忧天的杞人为伍，
却要抽掉成语中嘲笑的涵义。
在天、地、人三者中间
我更多是忧人、忧地。

亿万年前的生物化身为好像用不尽的油和煤，
供我们大量开采，无休止地消费；
几千年来的祖先留给我们地上和地下的文物，
供我们尽情地破坏，又精心保护；
我们把什么留给我们后代，
是旷古未有的文明，还是砍伐和污染的祸害？

十九世纪跟我们分手时，
把些著名的人物交给二十世纪，
列宁、爱因斯坦、鲁迅、罗曼·罗兰，
辉煌的名字，我举不胜举。
二十世纪再过十年也要分手了，
它把哪些人物交给下一个世纪？

科学技术给人们省下了许多时间，
难道省下的时间就供人吃喝玩乐？
邮电航空缩短了空间的距离，
为什么人际间反而像是面对山河？
昨天一拥而上，砸烂了佛像，烧毁了佛经，
今天为什么又求神问卜，燃起旺盛的香火？

精神和物质，本来是一个根源，
为什么一分为二，彼此越分越远？
愚昧和狡诈，本来各不相干，
为什么合二为一，搭成亲密的伙伴？
是否还像《共产党宣言》里说的——
人的尊严变成了价值交换？

"中国人民站起来了"，是生平听到的
最激动人心的一句宣言。
那时也许过于激动，竟不懂

任何一个病人都有过的经验，

能够站起来不等于就能跑步，

更不等于能够赛跑——这中间要耐心锻炼。

我学的不多忘的也不少，

不久将要结束二十世纪的课程，

有许多问题我都不能问答，

看来我是个不及格的学生。

也许由于这个缘故，

才对忧天的杞人深表同情。

1989 年 1 月 27 日

蛇年即兴 [1]
——在一次迎春茶话会上的发言

龙年太热闹了，到处都是龙，

电视台播放龙，

歌唱龙，画龙，写龙，讨论龙，

宾馆的柱子上盘绕着龙，

大大小小的游艺会都耍龙。

（只剩下没有像一九一七年有那么两星期，

"北京城里挂龙旗"。）

我曾经暗自思忖，

龙年这样热火朝天，

明年是蛇年，

应该怎么办？

蛇年来了，果然一片寂静，

只有邮电局费尽心思，

制作出蛇年邮票发行，

此外就鸦雀无声。

蛇，这个讨厌的生物，

1　原载 1989 年 5 月 10 日《诗刊》5 月号，初收《文坛边缘随笔》，此据《文坛边缘随笔》编入。

它不会腾云驾雾，

只会在地上爬行，

身上背着一大堆坏的形容词——

阴险、狡猾、毒恶，还会变成迷人的美女。

迷人是一个方面，

另一方面并不平凡。

看那白娘娘对爱情是多么忠贞，

只为爱上了懦弱的许仙，

冒风险盗取灵芝草，

大无畏水漫金山，

演出了一场轰轰烈烈的悲剧。

老百姓都对她无限同情，

对法海却恨入骨髓，

叫他永远蹲在蟹壳里，

像秦桧永远在鸡的头骨里罚跪。

《创世纪》里的蛇更不平凡，

它引诱夏娃、亚当吃了禁果，

触犯了上帝的"愚民政策"。

它受到爬在地上吃土的惩罚，

可是给人类立下永不磨灭的功勋，

人从此知道羞耻，辨别善恶。

龙年的热闹弄得人头昏脑胀，

蛇年的寂静让人头脑清醒。

对祖国，对社会主义，对我们的工作，

要学一学白娘娘的忠贞；

为了让亲爱的亚当、夏娃们

懂得羞耻，辨别善恶，

要想一想《创世纪》里那条蛇

立下的功勋。

1989 年 2 月 2 日

读《距离的组织》[1]

——赠之琳

你组织时间的、空间的距离，
把大宇宙、小宇宙不相关的事物
组织得那样美，那样多情。
我的时间空间我不会组织，
只听凭无情的岁月给我处理。

我常漫不经心地说，
歌德、雨果都享有高龄，
说得那高龄竟像是
难以攀登的崇山峻岭；
不料他们的年龄我如今已超过，
回头看走过的只是些矮小的丘陵。
我们当年在昆明，没有任何工具代步，
互相交往从未觉得有什么距离；
如今同住在现代化的城市，
古人却替我们说了一句话——

1　初收《文坛边缘随笔》。此据《文坛边缘随笔》编入。《距
离的组织》为卞之琳的一首诗。为庆祝卞之琳先生八十寿辰暨
学术生涯六十周年，中国社会科学院外国文学研究所和河北教
育出版社于1990年8月4日在北京举办了"卞之琳学术讨论会"，
此诗即为此而作。

"咫尺天涯"。

今天我要抗拒无情的岁月，
想召回已经逝去的年华，
无奈逝去的年华不听召唤，
只给我一些新的启发。
你斟酌两种语言的悬殊，
胜似灯光下检验分辨地区的泥土；
不管运命怎样戏弄你的盆舟，
你的诗是逆水迎风的樯橹。
大家谈论着你的《十年诗草》，
也谈论着你迻译的悲剧四部，
但往往忽略了你的十载《沧桑》
和你裁剪剩下的《山山水水》，
不必独上高楼翻阅现代文学史，
这星座不显赫，却含蓄着独特的光辉。

1990 年 8 月

自传 [1]

三十年代我否定过我二十年代的诗歌，
五十年代我否定过我四十年代的创作，
六十年代、七十年代把过去的一切都说成错。

八十年代又悔恨否定的事物怎么那么多，
于是又否定了过去的那些否定。
我这一生都像是在"否定"里生活，
纵使否定的否定里也有肯定。

到底应该肯定什么，否定什么？
进入了九十年代，要有些清醒，
才明白，人生最难得到的是"自知之明"。

1991 年 3 月 25 日

1　原载 1991 年 7 月 1 日香港《诗双月刊·冯至专号》，初收《文坛边缘随笔》。此据《文坛边缘随笔》编入。

梦 [1]

"我梦见的东西不计其数，但我茫然不解。"

——拉伯雷《巨人传》

我在梦里遇见——

有老有少，有男有女，

有亲友也有路人，

有生也有死。

他们相互交谈，

有时也跟我对话。

一人一个神情，

一人一个语调，

他们谈吐自然，

没有半分虚假。

生活过于平淡，

梦叫我经历惊险，

感到苦闷无聊，

光明在梦里展现。

1　原载 1992 年 10 月 1 日香港《诗双月刊》第 4 卷第 2 期，
初收《文坛边缘随笔》。此据《文坛边缘随笔》编入。

梦给我铺设坦途，
更多是泥泞小路；
这里觉得很生疏，
那里又十分熟悉，
我常亲临其境，
串演着人间的喜剧。

梦里事事都真实，
醒后都销声匿迹。
是未来的预言？
还是往日的沉淀？
难道人类的记忆
只能记历史的一半？
古代有圆梦的书，
现代有梦的分析，
它们都回答不了
我的这些问题。

1992 年 8 月

200

重读《女神》[1]

七十年前，你在一些青年的胸中，
　"把他们的心弦拨动，
把他们的智火点燃。"
我作为那些青年中的一个，
你开扩了我的眼界，指引我
走上又甜又苦的诗的途程。

七十年内，我们有时接近，有时疏远，
我有时忘记你，也有时思念，
我们见面的机会少，分离的岁月长。
七十年后的今天，我们偶然重逢，
你向我问长问短，
显示出无限的关怀。

你问我，还能不能陪伴你
向祖国壮丽的河山，
向宇宙的奇观，

1　原载 1992 年 11 月《诗刊》11 月号，初收《文坛边缘随笔》。
此据《文坛边缘随笔》编入。
　《女神》于 1921 年首次出版，我在 1921 年写出我后来收入
我的第一本诗集里的第一首诗。——作者注

向崇高的人物和事业
接连不断地祝贺"晨安"？
我回答说，我还能。

你又问我，还愿不愿意陪伴你
向有巨大引力的
孕育万物的地球，
为了报答她的深恩，
接连不断地呼唤"我的母亲"？
我回答说，我愿意。

你继续问我，是否还想陪伴你
对那些被称为"匪徒"的
人类进步的推动者
连呼"万岁"？
我回答说，我不喊"万岁"，
却说他们永垂不朽。

你听了我的回答感到满意，
你却不无遗憾地说，
我已不是七十年前的那个青年。
我说，请允许我再一次陪伴你
歌颂那一对自焚的凤凰，
它们在火焰里得到新生。

1992 年 9 月 17 日

Ⅶ 集外

初春暮雨（返京后）

1

想不到，
醒后恰黄昏，
窗外雨声淅沥！

初春暮雨，——
我的心儿温暖，
与心儿一般温暖的春雨！

我总是这样朦胧；
今春的落花飘絮，
已经把我的心儿埋住。

2

想不到的初春暮雨，
眼前又现出，
多少恍惚的花朵！

心儿好像个蜜蜂，

含着睡眠的情调，

飞入花朵深处。

采得花粉归来，

藏在胸怀里，

——酿些儿甜蜜！

1923 年 3 月 7 日

愁云[1]

愁云浓锁，日光暗淡，

风雪呀，我并没有诅怨；

我在我小小的屋中，

还只当，是三秋将晚。

就使春装的妆点已成，

于我又有什么牵系，

就使河水已溶，汩汩而流，

空使人感到韶光的长逝。

我也曾饮过一些美酒，

酒后沉溺于歌女的明眸；

等到酒醒呵，歌声亦渺，

美酒明眸，又于我何有！

在远方飞翔着的鸟儿，

我生怕你是来自江南——

1　原载 1924 年 3 月 25 日《文艺周刊》第 26 期。

我默祝你不要说，江滨的

杨柳，已惹得人间魂断！

1923 年 6 月 12 日

雨夜 [1]

没有烛花儿能剪，
也没有影儿堪觅——
只剩下这点清福，
听半宵疏的细雨。

窗儿总是有些冷，
被儿总是有些寒——
虫儿叫到夜深了，
一切都显着阑珊。

月才露出一点幽光，
却又被浮云遮住——
算只有这点清福，
听几点雨声絮絮。

7月12日 夜

1　原载 1924 年 8 月 12 日《文艺周刊》第 46 期。

无眠的夜半 [1]

在这疲倦的无眠的夜半，
总像远方正有个匆忙的使者
不分昼夜地赶他的行程。

等到明天的清早刚一朦胧，
他便跑到我的门前，
指着我的姓名呼唤。

他催我快快地起来
从这张整夜无眠的空床；
他说，你现在有千山万水须行！

我不由自主地跟随他走上征途，
永离了这无限的深夜，
像秋蝉把它的皮壳脱开。

1933 年

1　原载 1934 年 2 月 18 日《沉钟》半月刊第 34 期，总题《诗
四首》，此诗为其中第一首，原题《夜（一）》，初收《冯至
诗选》，改题为《无眠的夜半》。后曾编入《冯至选集》。此
据《冯至选集》编入。

赣中绝句四首 [1]

1

遥思两宋衰危际，
文彩风流推赣中。
诗派绵延断复续，
末流只解斥唐风？

附注：
　　"末流"指晚清师法江西诗派的同光体。

2

携妻抱女流离日，
始信少陵字字真；
未解诗中尽血泪，
十年佯作太平人。

1　初收《冯至选集》。此据《冯至选集》编入。

3

寒江几日凄风雨，
夜泊万安岁已迟；
苦忆秋风铁马句，
街头购得剑南诗。

4

方辞漱玉双溪畔，
又作稼轩皂口行；
望断郁孤台下水，
美芹遗恨未能平。

附注：

　　1937 年秋，曾在金华小住，邻近李清照歌咏过的
双溪。1938 年初经万安至赣县。辛稼轩《菩萨蛮·题
江西皂口壁》首句为"郁孤台下清江水"，现赣县城内
有郁孤台。稼轩在《美芹十论》中陈述抗金策略，未
被南宋统治者采纳。

1938 年 1 月

那时……[1]

—— 一个中年人述说"五四"以后的那几年

那时觉得既然醒了，

就不该

关着阴暗的门窗；

那时觉得既然醒了，

就应该

放进窗外的光明。

处处看见新绿。

处处看见阳光。

那时像离开马棚的

小马，

第一次望见平原；

那时像离开鸟巢的

小鸟，

第一次望见天空。

1　原载 1947 年 5 月 1 日《大公报·星期文艺》。初收《冯至诗文选集》，后曾编入《冯至诗选》《冯至选集》。此据《冯至选集》编入。

213

前面是旷远。

前面是清明。

那时我们抛下许多的

事物，

不管是好还是坏；

那时要去追求许多的

事物，

不管是远还是近。

有的在眼前。

有的在明天。

那时我们用简单的

文字

写出简单的诗文；

那时我们用幼稚的

文字

写出幼稚的思想。

写得很幼稚。

想得也单纯。

那时父母看见了

我们，

常暗地为我们担心；

那时邻人看见了

我们，

常在我们背后冷笑。

我们却不管。

我们却不顾。

那时无论如何，

要跳出

窒闷的家庭；

那时无论如何，

要舍弃

狭窄的家乡。

外面在招手。

外面在呼唤。

那时我们爱谈论

历史上

新发现的诗人；

那时我们相信

一个

俄国的革命者。

一切为了真理。
一切为了正义。

那时谁也不会想,
在前途
有无限的艰难;
那时谁也不会想,
艰难时
便会彼此分手。

如今走了二十多年,
却经过
无数的歧途与分手;
如今走了二十多年,
看见了
无数的死亡与杀戮。

那时追求的
在什么地方?

如今的平原和天空,
依然

照映着五月的阳光；

如今的平原和天空，

依然

等待着新的眺望。

1947 年

杂诗九首 [1]

1 自遣

早年感慨恕中晚，
壮岁流离爱少陵。
工力此生多浪费，
何曾一语创新声？

附注：

　　早年喜读中唐、晚唐诗，常引龚自珍"我论文章
恕中晚，略工感慨是名家"之句以自解。

2 休吟

休吟"访旧半为鬼"，
且看眼前隔代人，
八九点钟无限景，
莫随夸父逐西沉。

1　初收《冯至选集》。此据《冯至选集》编入。

3 从干校归北京寓所

存书尚许十年读，
美酒仍能一夕倾；
拂去案头尘土易，
难于平静是心情。

4 读《列子》

愚叟移山坚壮志，
邻人失斧破唯心；
芟除魏晋玄虚语，
始见民间智慧深。

附注

《列子》为魏晋时伪作，多取民间寓言，给以玄学上
的解释。愚公移山见《汤问》篇，邻人失斧见《说符》
篇。按失斧事已见于《吕氏春秋》。

5 读《陆放翁诗集》

剑门细雨曾神往
深巷杏花惹梦稠；
铭记至今惟此句：
"一生常耻为身谋。"

附注：

年轻时喜读"细雨骑驴过剑门""深巷明朝卖杏花"
等句。"一生常耻为身谋"见《西村醉归》一诗。

6 喜见

岁月催人晚节重，
旧皮脱落觉身轻；
常于风雨连绵后，
喜见红霞映夕晴。

7 题《海涅诗集》

当年海涅成风尚，
罗累莱歌舟子情。
重展旧编新耳目，
齐鸣万箭射毒鹰。

附注
时译海涅《德国，一个冬天的童话》。

8 春寒

乐观努力相敦促；
前景光明曲折行；
千里江陵滩险过，
春寒难阻柳梢青。

9 检点……

检点故人三五纸，
残篇断简已无多；
灾年毁弃寻常事，
回首仍如骨肉割。

附注：

　　此诗前两句原系 1973 年断句，后两句是粉碎“四
人帮”后补上的。

1972 年至 1973 年

但丁与曹雪芹 [1]

封建衰亡观世变，

红楼、神曲两相招；

流离阅尽人间苦，

没落深惭祖辈骄；

笔下萌芽仍隐约，

眼前万木已萧条。

著书应似游阴府，

怯懦犹疑一概消。

附注：

恩格斯说："封建的中世纪的终结和现代资本主义纪元的开端，是以一位大人物为标志的。这个人物就是意大利人但丁，他是中世纪最后一位诗人，同时又是新时代的最初一位诗人。"曹雪芹在中国文学史上的地位也与但丁相似。

马克思说："在科学的入口处，正像在地狱的入口处一样，必须提出这样的要求：

这里必须根绝一切犹豫，

这里任何怯懦都无济于事。"

1　初收《冯至选集》。此据《冯至选集》编入。

这两行诗见于《神曲·地狱篇》第三章，是作者的引路人魏吉尔在地狱入口处向作者说的。但丁写《神曲》，曹雪芹写《红楼梦》，在开始执笔时，都具有这种勇敢的气魄。

1975 年 11 月

读叶文福《伟大的自杀》[1]

你在诗意浓郁的竹篮里，
装进那么多沉重的忧虑。
你不必谦虚，说你"杞人忧天"，
我一向对杞人怀有敬意。

感谢你让我想到恐龙，
恐龙的厄运启人深思，
身躯虽然庞大，可是头脑狭小，
这个大家族终于断绝了后嗣。

除去诗的标题有些刺眼，
我看它并不"错误"，也不"极端"。
"中华民族到了最危险的时候"，
庄严的国歌也是这样呼唤。

附注：

叶文福的《伟大的自杀》发表在《人民文学》

1　据手稿编入《集外》，收入《冯至全集》第二卷。现据《冯至全集》第二卷编入。——本诗集编者

1988 年第 4 期，"恐龙""杞人忧天""错误再加上极端"皆见于这首诗中。

1988 年 6 月

Ⅷ　附录

《北游及其他》序 [1]

我时常自己想，在这几年的生活里，真能有一件是值得用笔写出的事体吗？这样想时，我立刻便感到一种欣慰：如果有，那便毫无疑问是慧修对我的友情了。五年前我们初次认识，那时我还是一个不到二十岁、充满了顽冥的孩子气的青年，他用他从辛苦的生活里得来的一些经验，把我当作小弟弟一般地看待，从冬天买棉鞋到夏天做单衫，从白天到大学去听讲到夜晚在灯底下写诗，关于我的生活，无论是精神的或是物质的，几乎没有一件不是他替我想的比我自己所想的还多。岁月永不停留，现在我已经要赶上五年前他那时的年龄，而他却又不知经历了多少内心的忧患，在今年春天一个刮风的日子里满了三十了。——人生

---

1 原载 1929 年 5 月 13 日《华北日报·副刊》第 68 号，题为《〈北游及其他〉的自叙》。初收《北游及其他》，后曾编入《冯至诗选》和《冯至选集》。此据《冯至选集》编入。

应该怎样？世界上的教诲很多，我没有功夫去理会它们。但我却为了慧修的友情，渐渐认识到自己应该怎样走的方向。他在我性格的缺陷上不知纠正了多少；在我懦弱的地方不知鼓励了多少；自幼因为环境关系养成的那自卑心理的云雾是他给我拨开了；内心上的许多污点是他为我洗去了：他使我知道了精神应该如何清洁，身体应该如何健康，怎样去想，怎样去爱。如今我把这从我生命里培养出来的小小的花朵呈在他的面前，不管这些花是怎样无香无色，好在是从我自己的园里产出的，我只要求慧修肯把它嗅一嗅，能够嗅出一点本乡本土的气息，我就会感到舒畅了。

　　1927年初秋，我离开北京大学的学生宿舍，登上往北方的一个大都市哈尔滨去的长途。在送别人中，最使我难于忘记的是那晚慧修的面貌。他心里想着什么呢？我不知道。我只看着他那辛酸的情味完全形之于当时的动作了：他怎样为我起好了行李票，怎样在火车上给我找到适当的座位，怎样似有意似无意地把一本 Rossetti[1] 的画集放在我随身带着的箱中，但是他并没有说什么话。

　　车渐渐地移动了。我不知他同旁的朋友们是否还在月台上呆呆地望着，我却不由己地打开日记本这样地写了："我想，不论我的运命的星宿是怎样暗淡无光，但它究竟是温带的天空里的一颗啊；不论我的道路是怎样寂寞，在这样的路上总

1　罗赛蒂（Dante Gabriel Rossetti，1828—1882），英国画家兼诗人，作品多以中世纪故事及但丁著作为题材。

是常有一些斜风细雨来愉悦我的心情的。从家庭到小学校去，是母亲用了半夜的功夫为我配置好了笔墨同杂记本，第二天夹在腋下走去的；从故乡到北京的中学校去，又是我那勇于决断的继母独排众议把我送去的；入大学的那年，继母也死去了，是父亲给我预备了一切，把我送上火车，火车要开了，他还指着他手中的手杖问我：'要这个不要？'那时他好像要把他所有的一切都交给他儿子带走似的。这次呢，我要到人生的海里去游泳了——'挂帆沧海，风波茫茫，或沦无底，或达仙乡'——送我的是谁呢？我应该仔细想想，这中间有怎样重大的意义呀！……"这样写着，我同我的朋友，一程比一程远了，田野，一程比一程荒凉了。

一程比一程地远了，一程比一程地荒凉了。在慧修的面前时，还穿着夏布长衫，等到上了南满车的北段，凄风冷雨，却不能不从行箧中取出来一件长才及膝的夹袍。穿上以后，禁不住泪落在襟上了。因为《无花果》那一辑里的诗，多半是穿着这件夹袍的时候写的。

来到那分明是中国领土、却充满了异乡情调的哈尔滨，它像是在北欧文学里时常读到的、庞大的、灰色的都市。我在一座楼的角落里安放了我的行囊，独自望着窗外，霏霏的秋雨，时而如丝，时而似绳，远方只听到瘦马悲鸣，汽车怒吼，自己好像是一个无知的小儿被戏弄在一个巨人的手中，不知怎样求生，如何寻死。惟一的盼望便是北京的来信。最先收到的，仍是慧修的信："人生是多艰的。你现在可以说是开始了这荆棘长途的行旅了。前途真是不但黑暗而且寒冷。

要坚韧而大胆地走下去吧！一样样的事实随在都是你的究竟的试炼、证明。……此后，能于人事的艰苦中多领略一点滋味，于生活的寂寞处多做点工，那是比什么都要紧、都真实的。"我反复地读了几遍，这样的话是多么严肃呵！

　　但是，那座城对我太生疏了，所接触的都是些非常古怪的人干些非常古怪的事，而自己又是骤然从温暖的地带走入荒凉的区域，一切都没有准备，所以被冷气一袭，便手足无措，只是空空地对着几十本随身带来的书籍发呆，可是一页也读不下去。于是：在月夜下雇了一只小艇划到松花江心，觉得自己真是一个最贫乏的人的时候也有；夜半在睡中嚷出"人之无聊，乃至如此"的梦话，被隔壁的人听见，第二天被他作为笑谈的时候也有；10月上旬便飞着雪花，独自走入俄国书店，买了些俄国文学家的相片，上面写了些惜别的词句寄给远方的朋友的时候也有；在一部友人赠送的叔本华的文集上写了些伤感的文言的时候也有；雪渐渐多了，地渐渐凝冻了，夜渐渐长了，跑到山东人的酒店里去喝他们家乡的清酒，或在四壁都画着雅典图的希腊饭馆里面的歌声舞影中对着一杯柠檬茶呆呆地坐了半夜的时候也有。这样油一般地在水上浮着，魂一般地在人群里跑着。虽然如此，但有时我也曾在冰最厚、雪最大、风最寒的夜里，独自立在街心，觉得自己虽然不曾前进，但也没有沉沦。我就在这种景况里一行行、一段段地写了出来长诗《北游》。诗写完后，不禁想起杜甫的诗句："此身饮罢无归处，独立苍茫自咏诗。"

　　归终我更认识了我的自己，我既不是中古的勇士，也不是现代的英雄，我想望的是朋友，我需要的是感情；归终我不能不离开那座不曾给我一点好处的大都市，而又依样地回到我的第二故乡的北京，握住我的朋友们的手了。北京，你真是和我的朋友一样，越久，我同你的话越是说不完，在你的怀抱里有我的好友，有我思念的女子，我愿常常在你的怀抱里歌咏。阿尔卑斯山的攀登，莱茵河的夜泛，缓步于古波斯的平原，参礼于恒河两岸，也许会令人神往吧，但也只有生疏的神往而已，万分之一也不及你的亲切、熨贴，因为在你身上到处都有我不能磨灭的心痕脚迹。慧修，你让我常常在你身边吧，我不希望任何人对我的赞美，我只愿见你向我的微笑，我不愿受任何人的批评，我只爱听你的指责。我常常因为你是怎样地骄傲啊，对于那些只过着浮滑的生活而始终不曾受过友情洗礼的人们；我怎样地应该自慰啊，对于那些需要友情而又不能得到的人们。朋友，现在我把这消逝了的两年内从生命里蒸发出来的一点可怜的东西交给你，我的心中感到意外的轻松了。

1929 年 5 月 9 日

附注：

在这部诗集的卷首写有"呈给慧修"字样。慧修是杨晦的别号。

233

《十四行集》序 [1]

1941 年我住在昆明附近的一座山里，每星期要进城两次，十五里的路程，走去走回，是很好的散步。一人在山径上、田埂间，总不免要看，要想，看的好像比往日看的格外多，想的也比往日想的格外丰富。那时，我早已不惯于写诗了，——从 1930 到 1940 十年内我写的诗总计也不过十来首，——但是有一次，在一个冬天的下午，望着几架银色的飞机在蓝得像结晶体一般的天空里飞翔，想到古人的鹏鸟梦，我就随着脚步的节奏，信口说出一首有韵的诗，回家写在纸上，正巧是一首变体的十四行。这是诗集里的第八首，是最早也是最生涩的一首，因为我是那样久不曾写诗了。

这开端是偶然的，但是自已的内心里渐渐感到一个要求：

1　原载 1948 年 8 月《中国新诗》第 3 期，题为《〈十四行诗〉再版序》，初收《十四行集》1949 年 1 月版，改题为《序》，后曾编入《冯至诗选》《冯至选集》。此据《冯至选集》编入。

有些体验，永远在我脑里再现；有些人物，我不断地从他们那里吸收养分；有些自然现象，它们给我许多启示：我为什么不给他们留下一些感谢的纪念呢？由于这个念头，于是从历史上不朽的人物到无名的村童农妇，从远方的千古的名城到山坡上的飞虫小草，从个人的一小段生活到许多人共同的遭遇，凡是和我的生命发生深切的关联的，对于每件事物我都写出一首诗：有时一天写出两三首，有时写出半首便搁浅了，过了一个长久的时间才能续成。这样一共写了二十七首。到秋天生了一场大病，病后孑然一身，好像一无所有，但等到体力渐渐恢复，取出这二十七首诗重新整理誊录时，精神上感到一种轻松，因为我满足了那个要求。

至于我采用了十四行体，并没有想把这个形式移植到中国来的用意，纯然是为了自己的方便。我用这形式，只因为这形式帮助了我。正如李广田在论《十四行集》时所说的，"由于它的层层上升而又下降，渐渐集中而又解开，以及它的错综而又整齐，它的韵法之穿来而又插去"，它正宜于表现我要表现的事物；它不曾限制了我活动的思想，而是把我的思想接过来，给一个适当的安排。

如今距离我起始写十四行时已经整整七年，北平的天空和昆明的是同样蓝得像结晶体一般，天空里仍然时常看见银色的飞机飞过，但对着这景象再也不能想到古人的鹏鸟梦，而想到的却是银色飞机在地上造成的苦难。可是看见几个降生不久的小狗，仍然要情不自禁地说出一句：

235

你们在深夜吠出光明。

在纷杂而又不真实的社会里更要说出这迫切的祈求：

给我狭窄的心

一个大的宇宙！

一本诗本来应该和一座雕刻或一幅画一样，除去它本身外不需要其他的说明，所以这个集子于 1942 年在桂林明日社初版时，集前集后并没有序或跋一类的文字。如今再版，我感到有略加说明的必要。所要说明的，就是上边的这几句话。

1948 年 2 月 5 日 北平

《十年诗抄》前言 [1]

一九五七年八月，我曾经把我自从建国以来写的诗编成一个集子出版，叫作《西郊集》。《西郊集》里共有诗五十首，分为四辑，是根据内容区分的。现在重编，把这四辑打乱了，改为按照写成的年月编排，并且删去了五首，换上五首一九五七年以后写的，仍然是五十首。有个别的诗，在字句上做了一些修改。

为什么把编排的次序改变了呢？因为这样更可以看得清在这伟大的十年内我写诗的微小的过程。至于删去了五首诗，是由于它们缺乏诗所应该具有的艺术性，读起来和用散文写的一般短论差不多。其他的诗也并不是完全没有这样的缺点，不过这五首最为显著罢了。使我感到歉然的，是新添进的五首写得也很平常，没有什么出色的地方。

1　初收《十年诗抄》，后曾编入《冯至诗选》《冯至选集》。此据《冯至选集》编入。

我们的新诗正处在一个极有意义的阶段。随着一九五七年毛主席诗词的发表，是一九五八年新民歌的大量涌现，今年又热烈地展开了诗歌里一些重要问题的讨论，这一切都大大地推动了新诗的进一步的发展。如何不断地加强思想性和提高艺术性，创作出为人民喜爱的诗篇，已经成为诗人们迫切的任务。这里的五十首诗，除了表现出作者对于党和人民事业的热爱外，思想是不深刻的，艺术技巧上也存在着许多缺陷，它们远远不能符合人民在今天向新诗提出的要求。在这本集子里最后一首诗的最后两行是——

在我们永远做不完的工作里
要唱出人间最美的高歌。

我这样说了，我并没有办到。今后应该加倍努力。

在建国以来的十年内，我们全国人民在党的领导下做出来的轰轰烈烈的革命事业，改造社会也改造自然，是史无前例、罄竹难书的。而我在诗歌方面所贡献的却是这样微薄，真像是投入茫茫大海里的一滴清水。可是人们常说，一滴水在太阳底下转瞬间就会干涸，但如果把它投入海里，它就永远没有干涸的那一天。但愿我这一滴清水是真正地投到了海里，而不是落在海边的沙滩上！我同时希望将来有更多的水滴投入我们波澜壮阔的大海。

1959 年 8 月 5 日

《立斜阳集》引言 [1]

1983 年初，我编辑出一部选集，写了一篇《诗文自选琐记》作为代序，给从二十年代以来的写作生活做了一个总结，心里觉得轻松而又空虚。轻松，是把些自认为不无可取的东西搜集在一起，装印成册，总算有了一个交代；空虚，是自念生平无所建树，这点所谓不无可取的东西也十分贫乏，如今体力和精力日渐衰退，来日还能有什么作为，深感渺茫。正当轻松与空虚两种心情交织的时候，在 3 月上旬，我参加了中国作家协会组织的第一届新诗评奖工作，得以阅读平素不甚注意的、新出版的诗集，眼前展现出一片诗的繁荣景象。这繁荣景象不仅是十年浩劫时不能想象，就是在五十年代也是难以看到的。不由得想到自己，从六十年代初期起二十多

1　初收《立斜阳集》，后曾编入《冯至全集》。此据《冯至全集》第四卷编入。《立斜阳集》1989 年 7 月由工人出版社（北京）出版，收录了 1983 年至 1988 年写作的诗文。共分上、下两卷：上卷收散文二十二篇，下卷收诗歌五组，共三十二首。——本诗集编者

年内没有写过一首新诗，好像与新诗绝了缘。我面对这些劫后奇葩，深有感触，写了一篇《还"乡"随笔》，表达我读了那些诗集后的一些感想和意见。这个加引号的"乡"当然不是生我育我的家乡，而是阔别了许久的诗的故乡。我那时是多么想念我的诗的故乡啊！由于这缕乡思，我经常怀念与我过去写诗以及从事文艺工作有深切关系的人和地方，并为此写了些纪念性或回忆性的散文，从1983年4月算起，到现在已经过了五年多。这些文章，写的时候没有计划，如今把它们按照写作的年月编纂成集，不成系统，却也不无重点。这里边主要写的是二十年代的北京、三十年代前半期德国的海德贝格[1]、四十年代前半期的昆明——这三个城市曾是我的"华年磨灭地"，但它们丰富我的知识，启发我的情思，是任何其他地方都不能与之相比的。尤其是我那时在那些地方结识的人，无论是衷心爱戴的良师益友，或是短途相遇而又难以忘却的某个路人，都对我有过这样那样的影响。我为了对他们表示感念之情，有的写成专文，有的写入文章中的某个段落，当然，也有些人和事本来应该写却还没有来得及去写，看来这部集子好像是一幅尚未完成的画卷。

　　许多年来，我喜欢读纳兰性德的一首词《浣溪沙》："谁念西风独自凉？萧萧黄叶闭疏窗。沉思往事立残阳。　被酒莫惊春睡重，赌书消得泼茶香。当时只道是寻常。"我喜欢这首词，并不是对于词里的情调和事迹有所认同，我既没有西风黄叶之感，也没有品尝过"被酒"与"赌书"的情趣，我只是欣

1　海德贝格（Heidelberg），通译海德堡。

赏其中最后的一句"当时只道是寻常"。自念生平，没有参与过轰轰烈烈的事业，没有写过传诵一时的文章，结交的友人或熟人中，没有风云人物，也没有一代名流。有些人和事，或长期共处，或偶尔相逢，往往有一言一行，一苦一乐，当时确实觉得很寻常，可是一旦回想起来，便意味无穷，有如淡薄的水酒，只要日子久了，也会有几分醇化。恨不得能让时光倒流，把那些寻常事再重复一遍。重复不可能，只有"沉思往事立残阳"了。不过，"残阳"显得过于衰飒，纳兰性德年始三十便已逝世，他说"立残阳"，如果不是为时过早，就是略有征兆。我比他已经多活了五十多年，却不愿立在残阳里沉思往事。若把"残阳"改为"斜阳"，则更适合我的心情。因此我把这部集子叫做《立斜阳集》[1]。

　　但沉思的并不限于往事。身在斜阳里，也要看到今天。面对今天的现实，不无感触和希望，有时也顺手写入某些篇章里。而且从1985年起，现实促使我每年都写几首或十几首诗，表达我对于我们时代的爱和憎。这也可以说是实现了我写《还"乡"随笔》时重返诗的故乡的愿望。我曾经说过，我写诗的历程可分为三个阶段，即二十年代、四十年代、五十年代，以后是否还会有第四阶段，我很怀疑。1985年以来写的一些诗，可以说是我写诗的第四阶段吧。当然，我希望这个阶段不就此结束。我把这些诗跟大部分都是沉思往事的文章印在一起，说明我并没有忘却今天。

1988 年 6 月 19 日

1　《立斜阳集》出版后，作者又在"引言"后补记：又东坡《纵笔三首》中有句云："溪边古路三叉口，独立斜阳数过人。"

241

编后记

冯至诗歌创作的历程

雅众文化拟出一本《冯至诗集》，让我选编并提供一些相关的背景材料。我很犹豫，心中惶恐，怕自己水平有限，做不好这件事。后来想想，我虽然不懂诗，但我喜欢读我父亲的诗，而且父亲去世后的二十多年来，1995年在上海书店出版社范泉先生的指导下我编辑了父亲的诗文集《文坛边缘随笔》；1996年退休后，我配合以绿原先生为首的专家们编辑出版《冯至全集》，认真通读了父亲的全部作品；后来，我又整理了父亲的手稿和书信日记，2013年为北京大学校史馆"书生本色 学者风范——冯至先生生平图片展"提供了资料；2015年在现代文学馆的支持下编写并出版了《冯至画传》等。所以说，虽然我的理解可能肤浅，但对父亲的作品还是熟悉的，于是我接受了这项任务，编选了这本《冯至诗集》。

父亲的诗歌创作是从五四时代开始的。作为新时代的青年，他受到五四新思想、新文化的启发和影响，感到自己也有话要说，于是就尝试着写起新诗。他收入自己第一本诗集的第一首诗《绿衣人》写于 1921 年，16 岁；到 1992 年 9 月 17 日写出最后一首诗《重读〈女神〉》时，正巧是他 87 岁生日。在这漫长的 70 多年间，他经常感到有抛弃旧我、迎来新我的迫切需求，所以他的诗作，无论诗情旨趣，或者诗意风格，都显示出不断变更的特色。

父亲晚年曾谈到他的新诗创作走过四个阶段："第一阶段是二十年代，三十年代我没有写什么新诗，第二阶段是四十年代，第三阶段是五十年代，六十至七十年代又没写新诗，八十年代又写了一些。我想，假如二十年代是青年人的诗，四十年代和五十年代是壮年人、中年人的诗，那么八十年代就是老年人的诗了。"在这本诗集中，我尽量选入父亲诗歌创作每个阶段较有代表性的、不同类型、不同体裁的诗作，使读者对诗人冯至的创作有一个整体印象。

《昨日之歌》和《北游及其他》是青年人的诗。青年人是浪漫的，他们对人生、社会、友谊和爱情充满美好的幻想和期待，而接触了社会，现实却使他们感到孤独、失望和苦恼。1921 年郭沫若的《女神》出版，父亲受到很大的启发；因为学德语，他又接触到德国浪漫主义的诗歌，同样他也喜爱唐诗宋词，在这样的影响下他写出了年轻人带有浪漫主义气味的诗歌。像常被人们提起的《蛇》是这样开始的：

我的寂寞是一条蛇，
静静地没有言语。

你万一梦到它时，

千万啊，不要悚惧！

它是我忠诚的伴侣，

心里害着热烈的乡思：

它想那茂密的草原——

你头上的、浓郁的乌丝。

　　他的诗幽婉清丽，在平淡中见奇巧，曾被鲁迅誉为"中国最为杰出的抒情诗人"。

　　三十年代父亲去德国留学，就"完全沉在里尔克的世界中"，深受感召和启发。他说，里尔克"许多关于诗和生活的言论都像是对症下药，给我以极大的帮助"。就像里尔克向罗丹学习观察事物而使早期流动型的诗变为雕塑型的诗，父亲向里尔克学习，经过多年的积淀，写出了表达人世间和自然界互相关联与不断变化的关系的 27 首十四行诗，编成《十四行集》。他说：

我们的身边有多少事物

向我们要求新的发现：

　　——《十四行集》第 26 首《我们天天走着一条小路》

　　他看出那真实的诗或哲学于我们看不到的平凡事物中。这些诗被人们称为"沉思的诗"。

　　《十四行集》于上个世纪末被评为"百年百种优秀中国

244

文学图书"（1900—1999）之一，影响了一代又一代的年轻诗人。

新中国成立后，百废待兴，社会发生巨大的变化，父亲在很大的兴奋中，写了 10 年。这就是《西郊集》里所收的诗。当时看到新中国万象更新，觉得中国从此就兴旺起来了，写了一些歌颂祖国和人民，歌颂社会主义建设的诗。诗写的是真情实意，如《西安赠徐迟》。他说：

> ……
>
> 我们为了偶然的相逢欢喜，
> 却不惋惜明天的各自东西；
> 只觉得我们处处遇到的
> 是新的诗句，是美的传奇。

可是他们把事情看得过于简单，到了六十年代，他写不下去了。

从六十年代到八十年代初期，父亲有二十多年没有写新诗。使他晚年重新开始诗歌创作的"触发点"，是 1983 年参加作家协会组织的第一届新诗评奖工作。这次评奖会上他读了许多新诗，他在稍后写的一篇《还"乡"随笔——读十本诗集书后》的文章中说，读了这些诗集，像是把他从远方召回到阔别了许久的诗的故乡。1985 年 3 月《新绝句十首》的发表开启了他诗歌创作的第四阶段——老年人的诗。这些诗分别收入《立斜阳集》和《文坛边缘随笔》两本诗文集中，被袁可嘉先生称为"新古典主义的警世格言诗"。诗作的主题，或表达他对祖国的挚爱和忧患，或沉思自省，或针砭时弊，辛辣讽刺和无情鞭笞社会上的歪风邪气，显示了他作为诗人所怀的强烈责任感，祖露了他对祖国和人民的赤子之心，同时也表明，他的思想达到了一个新的高度，进入了一个如巴金所说——"说真话"的境界。在题为《神鬼和金钱》的诗中，他这样写道：

> 人的尊严遭受践踏，/ 神鬼就出来显灵；/……/ 金钱驱使着神鬼，/ 神鬼庇护着金钱，/ 它们说："我们从来不懂，/ 什么是理想，什么是尊严。"

这本《冯至诗集》前六部分的诗是从以上这些诗集或诗文集中选出来的。但是父亲还编有《冯至诗文选集》（1955年）、《冯至诗选》（1980年）、《冯至选集》二卷（1985年），其中所选篇目大多出自上述各诗集、诗文集，但也有少数是集外的。我把这部分诗歌放在一起作为第七部分"集外"。此外，父亲在不写新诗的时候写旧诗，其中不乏好诗，也收入"集外"部分。本诗集诗目的题注，除标明的以外，全部选自《冯至全集》。

最后，为了更好地让读者了解诗人不同时期诗歌创作的背景和他在当时的思想状况，本书选录了四篇分别于1929年、1949年、1959年和1989年出版的诗集和诗文集的序或引言作为"附录"，附在书后。

当我一遍又一遍地重读这些诗篇时，感到无比的亲切和自然，好像看到父亲怎样在这"又甜又苦的诗的途程"（《重读〈女神〉》）上一步步前行，愿读者也会有同感。

冯姚平

2018 年 1 月写于北京

图书在版编目（CIP）数据

悲欢的形体：冯至诗集/冯至著；冯姚平编.—
北京：北京联合出版公司，2022.2
ISBN 978-7-5596-5526-4

Ⅰ.①悲… Ⅱ.①冯… ②冯… Ⅲ.①诗集－中国－
当代 Ⅳ.① I227

中国版本图书馆 CIP 数据核字（2021）第 178352 号

悲欢的形体：冯至诗集

作　　者：冯　至
编　　者：冯姚平
出 品 人：赵红仕
责任编辑：牛炜征
策 划 人：方雨辰
特约编辑：庄馨丽
装帧设计：M^{oo} Design

北京联合出版公司出版
（北京市西城区德外大街83号楼9层　　100088）
北京联合天畅文化传播公司发行
山东临沂新华印刷物流集团有限责任公司印刷　新华书店经销
字数177千字　1092毫米×787毫米　1/32　8.5印张
2022年2月第1版　2022年2月第1次印刷
ISBN 978-7-5596-5526-4
定价：62.00元